Peter Müller
Formicinus

Wissenschaftlich phantastischer Roman
einer Ameisenzivilisation

Kleines Kampfschiff der Formicinus

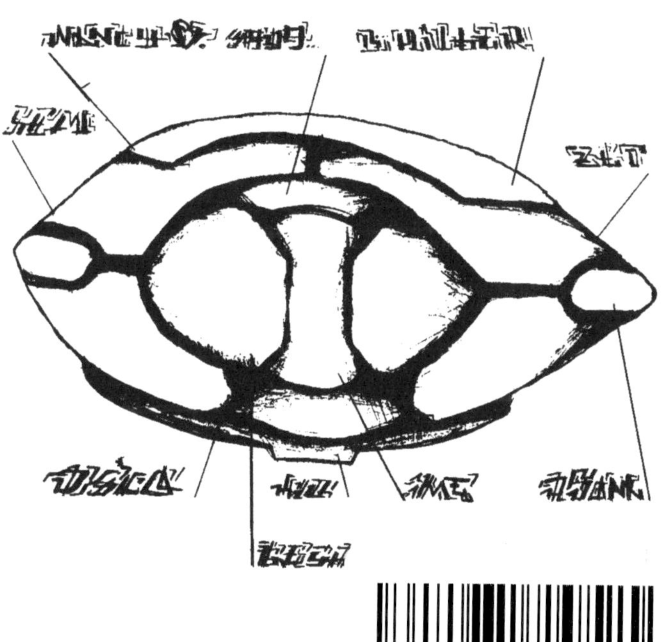

Formicinus

Roman

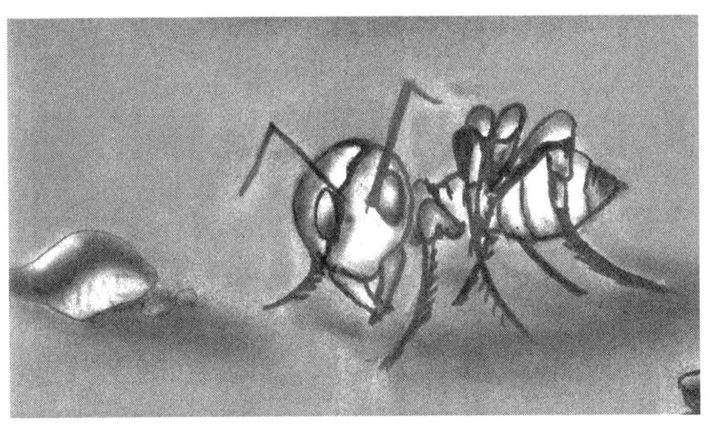

Ist das fünfte Buch des Autors in der Reihe
»wissenschaftlich-phantastisch«

ISBN 3-89811-253-5
1999
Herstellung: Libri Books on Demand
Umschlagsgestaltung: Peter Müller
Titel und Rückseitenbild: Andreas Kutzner
Innenbilder: Andreas Kutzner

Inhalt

Formicinus spielt wenige Milliarden Jahre nach dem Urknall als Insekten die ersten und einzigen Intelligenzen im Universum verkörperten ...
In spannender und ideenreicher Weise entsteht eine längst vergangene Welt – raumfahrende Ameisen befreien einen entfernten Planeten einer minder entwickelten Rasse vom Joch eines feudalen Kastensystems. Übertragene Übereinstimmungen mit unserer heutigen Welt sind nicht auszuschließen, alles wiederholt sich ...

Einleitung

Vor sehr, sehr langer Zeit, als der BIG BANG, der Urknall erst wenige Milliarden Jahre alt war, sah das Universum noch sehr viel anders aus. Die Fluchtgeschwindigkeiten waren größer, die Dichte und die Ausdehnung geringer. Die allerersten Sonnen hatten ihre Lebensspanne gerade hinter sich und begannen in instabile Bereiche zu driften. Karambolagen von ganzen Galaxien und Supernoven von unvorstellbaren Ausmaßen erschütterten weite Bereiche des Universums. Schwarze, lichtschluckende Staubmaterie und Dunkelsterne dominierten und versteckten die Zonen des Lichtes. Planeten bildeten sich und auf ihnen erste Spuren von primitiven Leben. Nicht wie wir es heute kennen – Wirbeltiere, Säuger und Vögel hatte die Natur noch nicht erfunden, vielleicht ein paar Vorläufer der Fische, die sich aus Würmern entwickelten ... Saurier? Nein auch die kamen erst sehr, sehr viel, viel später! Eine Tierart, oder besser gesagt eine ganze Gruppe von Tierarten entwickelte sich jedoch rasend schnell. Tausende der verschiedensten Arten kämpften um die Vorherrschaft. Sie waren böse, gewalttätig und grausam und furchtbar groß – Insekten! Jedes kämpfte gegen jedes. Nicht einmal vor der eigenen Art hatten sie Respekt. Kannibalismus wo immer man hinschaute!

Die stärksten, widerstandsfähigsten, grausamsten unter ihnen jedoch waren die Ameisen, nicht zuletzt wegen ihrer Kraft und Listigkeit. Innerhalb der nur kurzen Zeitspanne von Einer Million Jahren entwickelten sie Werkzeuge und schließlich eine Intelligenz, die sie über alle anderen Insekten erhob. Sie brauchten nur noch Hunderttausend Jahre bis zur Entwicklung einer Technik und dem Bau von Raumschiffen. Erstmals nun, seit Erschaffung der Welt, durcheilten künstlich geschaffene Gebilde mit hochentwickelten Lebewesen an Bord das Universum ...

Wohlgemerkt, es waren nur wenige Milliarden Jahre nach dem Urknall vergangen! Die Galaxis der Milchstraße war noch nichts weiter als eine gewaltige, interstellare Gas und Staubmasse ohne jeden Stern. Sonne und Erde sollten erst einige Milliarden Jahre später entstehen ...

Unter all den gewalttätigen Ameisenarten fanden sich allerdings auch solche, die auf Grund besondere und vielleicht auch schnellerer Entwicklungen ihrer Vernunft aus diesem Rahmen fielen, es waren besondere Insekten, die sich selbst *Formicinus* nannten. Hier ihre Geschichte ...

Formicinus, als Abgesandte einer hochentwickelten, jahrtausende alten Superzivilisation waren sie beauftragt, einer noch wenig entwickelten Rasse ihrer Gattung einen Besuch abzustatten. Mit ihrem Raumdiskus befanden sie sich in einem relativ leeren Raumgebiet zwischen den Welten.

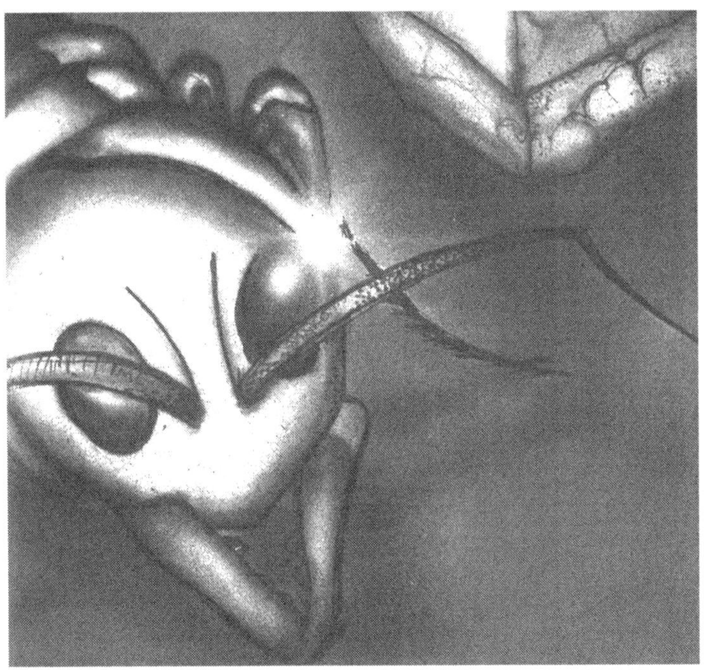

Vor ihnen das leicht schräggestellte Spiralrad einer eben entstandenen Protogalaxie, in ihrer scheinbar ewig, kalten, majestätischen Schönheit, die mit ihren gezausten Spiralarmen sternenflittergleich das strahlend helle Kerngebiet umrundete ... Die Vier gehörten zur Spezies der Formicidae, jener weit verbreiteten Spezies der wirbellosen, chitingepanzerten. Sie hantierten auf vier Beinen stehend, mit ihren zwei Handlungsarmen an den Armaturen. Hohe zwitschernde Töne, ihre Art der Kommunikation, erfüllten den Kommandoraum. Ab und zu befühlten sie sich gegenseitig – eine Relikthandlung aus ihrer Vergangenheit. Große, unbewegliche Facettenaugen gaben ihrem Gesicht ein fremdartiges, exotisches Aussehen. Ihre enganliegenden Kombinationen verdeckten nichts von ihrer Insektenhaftigkeit. Auf ihren unbedeckten, samtschwarz schimmernden Körperteilen spielten Lichtreflexe ... es handelte sich um sogenannte Arbeiterinnen, drei geschlechtslose Vertreter ihrer Rasse, beschützt von einem Soldaten, den sie Tec nannten. Er unterschied sich von ihnen durch seinen überaus kräftigen Körperbau und die stabilen Zangen am Unterkiefer. Er trug als einziger ständig eine Waffe, einen sogenannten STOPPER, mit dem er biologische Prozesse und Bewegungsimpulse aufhalten konnte. Erst nach erneuter Betätigung dieser Waffe lief alles so weiter als wäre nichts geschehen, eine Defensivwaffe, die weder töten noch zerstören konnte.

Einen Kommandanten im eigentlichen Sinne gab es bei ihnen nicht. Wichtige Entscheidungen traf die Gruppe gemeinsam. Jeder von ihnen war vertraut mit den Aggregaten des Schiffes und doch waren auch sie Spezialisten.

Ihre verantwortliche Navigatorin hieß Sun, sie war die Herrin über hochintegrierte Automaten und führte gemeinsam mit Ici, einer Spezialistin für Triebwerke das Schiff. Ihre Ast-Rohbiologin, Mro, kannte sich in einer Vielzahl von Lebensformen anderer Welten aus. Die Vier bildeten eine bewährte und eingeschworene Gemeinschaft, die zusammen schon viel erlebt und gemeistert hatte.

Der nächste Raumsprung materialisierte ihren Diskus an einem Ort, der ihnen überaus dunkel erschien, der sich in nichts von der Schwärze des umgebenden Raumes unterschied – und doch narrten sie ihre Sinne, die Instrumente bewiesen etwas anderes ...

Längst schon flogen sie in einer Orbitale um den einzigen Planeten, dicht bei seiner so finsteren Sonne, die einen erheblichen Teil der Hintergrundsterne verdeckte. Doch auch das war nicht Realität, es war nur der Eindruck ihrer an eine gelbe Sonne gewohnten Augen.

Durch ihre Spektralschieber, eine Art Brille, die das Infrarote in einen für sie sichtbaren Bereich transformierten, zeigte sich ihnen diese Welt erst wie sie auch für die dortigen Lebewesen zu sehen war.

Eine dunkelrote Sonne tauchte den Planeten in ein verzauberndes Licht, der roten und braunen Farbtöne.

Zweimal umkreisten sie den Planeten, ehe sie die Zone der zitronengelben Wolken durchstießen und seiner Oberfläche entgegen strebten. Mit jeder weiteren Annäherung änderte sich das Spiel der Farben. Der rötliche Glanz brach sich, Garben von Funken sprühend, auf einer rubinfarbenen, endlos scheinenden Fläche. Schäumende, quirlende Wellenkämme rot schillernder Fluten, soweit das Auge reichte.

Als Ziel hatten sie sich die einzige, zusammenhängende Landmasse in der Äquatorgegend des Planeten ausgesucht, wo einst ihre Vorfahren, vor Fünfzigtausend Jahren eine Basis errichteten.

Bald schon fanden sie was sie suchten – doch vieles, sehr vieles hatte sich verändert. Die Steinterrasse, der sie sich langsam näherten, befand sich nun in einem wüstenähnlichen Gelände ...

Die Landung verlief ohne nennenswerte Probleme. Ihre Messungen und Luftanalysen stimmten noch in etwa mit den alten Aufzeichnungen überein.

Nur bei der Luftverschmutzung gab es wesentlich höhere Werte. Jedoch gab es nach wie vor keine ionisierende Strahlung und auch sonst keinerlei, gefährliche Komponenten. Sie würden ohne jegliche Art von Schutzanzügen oder Atemgeräten agieren können. Ihr Kraftfeld und der kleine Stopper von Tec sollten ausreichen um ihre Sicherheit zu garantieren.

Aus der Luke ihres Diskus schob sich die Rampe. Tec betrat sie zuerst, lief sichernd voraus. Seine Schritte hallten trocken vom Stein wieder, heiße, flirrende Luft umspülte ihn. Die drei Arbeiterinnen folgten ihm in angemessenen Abstand. Sie alle hatten ihre Spektralschieber den hiesigen Bedingungen angepasst und sahen sich auf dieser, für sie neuen Welt, interessiert um. Eine eigenartige Stimmung lag über der Plattform. Entsprang sie wirklich nur dieser andersartigen Welt? An einem hellbraunen Tageshimmel stand, fast im Zenit, diese braunrote Sonne, so ungewöhnlich groß. Fast ein Viertel des Himmelsgewölbes nahm sie ein. Bizarre, kantige Strukturen zerrissen dieses dunkle Rot mit hellroten Schmelzrinnen. In größerer Entfernung von dieser unruhigen, zernarbten Scheibe blinkten, violett leuchtend, einige besonders helle Sterne. Zitronengelbe Wattewolken rundeten diesen so fremden Eindruck.

Die Vier entfernten sich trotz der relativen Sicherheit ihres Schutzfeldes nicht allzu weit vom Diskus. Es war ihr oberster Grundsatz, beim betreten fremder Welten auf der Hut zu sein und das Risiko so gering wie möglich zu halten.

Ohne etwas besonderes zu finden, kehrten sie bald schon um. Was hatten sie erwartet, worauf gehofft? Auf freundlichen Empfang, auf Begrüßung? – Die aber konnte es nach Fünfzigtausend Jahren wohl kaum geben. Trotzdem waren sie irgendwie enttäuscht, nicht einmal irgendeiner Lebensform begegnet zu sein. Das ausgedehnte Steinplateau wirkte dort, wo sie landeten, völlig unbenutzt. Unten auf den staubtrockenen Wanderdünen konnte es erst recht keine Spuren geben.

Im Diskus bereiteten sie den Schweber vor. Mro und Tec flogen die erste Inspektion. Ici und Sun hielten die Verbindung zum Mutterschiff und beobachteten jede ihrer Bewegungen.

Sie durchstießen das Schutzfeld ihres Diskus und gewannen rasch an Höhe. Dabei entdeckten sie etwas, dass sie vorher übersehen haben mussten. Die Steinquader auf denen sie nieder gegangen waren, hatten im Bereich ihrer Landestelle nur sehr geringe Fugen. Weiter außerhalb aber, handelte es sich keineswegs mehr um normale Fügefugen, sondern um absichtlich herbeigeführte Einschnitte. Es sah überhaupt aus als stünde jeder dieser Quader ganz für sich allein. Mit ihren Schwebern würden sie wohl gerade so hineinfliegen können, allerdings ohne ihre Schutzfelder ... So sehr sie auch suchten, die großen Abstände im Außenbereich des Plateaus verliefen fast konzentrisch um den Mittelpunkt. Eigenartig! Sie überflogen den Rand der äußeren Quader ...

Exakt bearbeitete Wände fielen steil ab. Doch was war dort? Die Mauerquader endeten nicht etwa in Bodenhöhe, sondern reichten viel weiter in die Tiefe. Wo sie tatsächlich endeten war nicht auszumachen. Auch nach Rücksprache mit den im Raumschiff Gebliebenen, fand sich keine Erklärung.

Beim Vermessen des Plateaus stießen sie auf eine weitere Merkwürdigkeit. Das Plateau war wesentlich größer geworden! In seiner weiteren Umgebung flossen die bearbeiteten Flächen langsam aber übergangslos in die unbearbeitete Steinwüste über. An keiner Stelle hätten sie mit Bestimmtheit sagen können, wo das eine endete und das andere begann. Nirgendwo in der näheren Umgebung fand sich der geringste Pflanzenwuchs. Tec flog noch kilometerweit, aber erst in größerer Entfernung fand er den gesuchten Wald. Im Vergleich zu ihren alten Aufzeichnungen gab es also tiefgreifende Veränderungen.

Damals vor Fünfzigtausend Jahren hatten ihre Vorfahren diese Plattform inmitten eines flachen, fruchtbaren Landes mit üppiger Vegetation, urwaldähnlicher Pflanzen errichtet. Auf zahlreichen Lichtungen, an den kleinen Flussläufen, lebten die damaligen Ureinwohner primitiv, aber in völliger Harmonie mit ihrer Umwelt. Die orangeroten Pflanzen gaben ihnen alles was sie zum Leben brauchten. Tec's Vorfahren lehrten sie Metalle zu schmelzen, Waffen für die Jagd zu schmieden, sie lehrten ihnen die Schrift und die Grundelemente der Mathematik, sowie die verschiedensten, praktischen Handhabungen, so auch den Ackerbau und die Viehzucht. Vieh, das war für die Ameisen schon immer das selbe, Herden von Blattläusen, die ihnen jene süßen Säfte zur Verfügung stellten, aus denen sie anderes herstellen konnten ...Tausende der Formicinus lebten damals mehrere Generationen lang als Lehrer unter diesen primitiven Ameisenwesen.

Als sie sehr viel später den Planeten der weißen Ameisen verließen, versprachen sie, einmal in ferner Zukunft, wieder zu kommen. Unter den Zurückgelassenen gab es sehr talentierte Fachleute, die durchaus in der Lage waren ihr Wissen zu verbreiten. Mit guten Gefühlen und voll Zuversicht, dass ihre Saat eines Tages aufgehen würde, verließen die damaligen Formicinus mit ihrer kleinen Raumflotte diese Welt. Das Steinplateau als Startbasis benutzend, stiegen sie zu ihrer weiten, damals noch gefährlichen Reise in den Raum. Man kannte den Dimensionssprung noch nicht – Generationen von Ameisenwesen mussten Jahrhunderte lang in engen Raumschiffen leben, arbeiten und sterben, ohne jemals ihre Heimat oder nicht einmal eine andere Welt gesehen zu haben – eine heroische Zeit!

Der Schweber kehrte zum Raumschiff zurück um in seinem Schutz die Nacht abzuwarten.

Am Morgen, in den ersten, wärmenden Strahlen dieser eigenartigen Infrarotsonne, die alles mit ihrem braunen, unwirklichen Licht übergroß, stieg ihr Diskus bis in die höchsten Schichten der Atmosphäre und fertigte Panoramaaufnahmen der weiteren Umgebung an.

Die tatsächliche Ausdehnung der Wüsten überraschte sie dann doch, und nicht nur das, auch die Anzahl ähnlicher Regionen auf diesem Planeten war erheblich. Am Rande der meisten Wüstengebiete stiegen schwarze Rauchsäulen in den braunen Himmel ...

Was war das? Tobten dort Feuer? Sie beschlossen eines dieser Gebiete aus der Nähe zu betrachten, aus der Luft zu löschen und gegebenenfalls zu landen ... Sie näherten sich im Schutz der Rauchschwaden. Was sie sahen erfüllte sie mit Unverständnis und Entrüstung. Die weißen Ameisen legten selber das Feuer an den Wald ...

Sie landeten etwas abseits, nicht sichtbar für die Anderen. Tec stieg aus und sah dem rasch an Höhe gewinnenden Diskus nach. Er wartete, bis er ihn nicht mehr sehen konnte, rückte seinen Stopper zurecht, den Translator und nahm den Weg über die Flugsanddünen. In seinem Hörspalt trug er ein winziges Funkgerät – sein Kontakt zum Diskus.

Schon von weitem sah er die fremden Soldaten auf Posten. Ihre weißen Chitinpanzer schimmerten an einigen Stellen durch eine Art von Rüstung. Sie schauten gelangweilt zum Waldrand, wo Hunderte Arbeiterinnen Feuer legten.

Tec näherte sich dem nächststehenden Soldaten so, dass er ihn nicht sehen konnte. Er trat hervor: »Ihr werdet verzeihen Soldat, aber warum verbrennt ihr die Pflanzen?«

Der Soldat zuckte zusammen, tastete instinktiv nach seinem Schwert und drehte sich um.

»Was?« fragte er erstaunt. «Wie siehst du denn aus?«

»Ich bin Botschafter einer entlegenen Provinz«, log Tec. »Wir sehen dort alle so aus!«

»Ah«, machte der Soldat etwas unsicher. »So einen wie dich hab' ich hier noch niemals gesehen – darum will ich dir antworten! – Wir benötigen Holzkohle für die Königin.«

Tec tat als verstünde er, blieb aber stehen. Der fremde Soldat schaute ihn prüfend und fragend an. »Was willst du noch?«

»Ich möchte zu deiner Königin«, sagte Tec mit Bestimmtheit.

Der Soldat grinste vielsagend, er winkte seinen Nachbarn herbei und sagte zu ihm unverständliches, worauf der ebenfalls grinste. Ein Pfiff ertönte, in schnellem Galopp kam etwas angehüpft. Erst als es anhielt erkannte Tec, dass es sich um einen gezähmten Grashüpfer handelte, einen allerdings recht großen. Obenauf ein ebenfalls gerüsteter Soldat. Der stieg ab und redete mit den anderen etwas abseits. Als er zurück kam bat er Tec aufzusitzen. Kaum oben ging es in rasendem Tempo, halb fliegend, halb springend über Sanddünen, trockene Täler, ausgetrocknete Flussläufe.

Nach endlos erscheinenden Ritt gelangten sie zu einer kleinen Oase mitten in der Wüste. – Der Diskus folgte unsichtbar in großer Höhe, Tec hörte noch immer deutlich ihr Signal im Hörer, es gab ihm die nötige Sicherheit.

Der Gerüstete stieg ab und bat Tec zu einem Platz von hohen Pflanzen überdacht, an welchem noch andere Soldaten lagerten ... Einige der Gerüsteten schauten kurz nach ihm, kümmerten sich jedoch nicht weiter. Tec's Begleiter legte sich ins Moos und meinte, dass es noch bis zum Abend dauern könne. »Du kannst dich erst einmal richtig ausschlafen.«

Im Diskus verfolgten sie die Gespräche der um Tec lagernden Soldaten über sein ständig auf Sendung geschaltetes Funkgerät. Sehen konnten sie ihn nicht, die dichten Pflanzen machten das unmöglich.

»Was meinst du, Mro – worauf warten die?« fragte Ici.

»Auf den Bus«, sagte Mro im Spaß. Sun lachte. »Wenn es durch diese staubtrockene Wüste gehen soll, müsste es schon ein Kettenfahrzeug sein.«

»Oder ein Lasttier, ähnlich diesem Hüpfer«, gab Ici zu bedenken.

Lange dauerte ihre Ungewissheit nicht mehr. Gerade als es dämmerte, entdeckte Mro etwas in der Wüste, nahe des Steinplateaus auf dem sie landeten. Sie schalteten die hochempfindlichen Restlichverstärker ein und Ici verringerte ihre Höhe.

An einer Stelle, wo das Plateau niedriger war und in den Wüstensand überging, bildete sich ein regelmäßiger Trichter im Sand, der ständig tiefer werdend bald schon eine Felswand freilegte. Die Drei im Diskus schauten gespannt zum Bildschirm. Sie spekulierten ... sollte der Trichter nur Selbstzweck sein?

Da! ein Steintor. Eisenbeschlagene Torflügel die sich langsam aber stetig öffneten. Etwas großes, wuchtiges, schob sich langsam hervor. Mro erhöhte die Vergrößerung. – Was war denn das? Hunderte von Beinen bewegten sich ... an einem Käfer? Meter um Meter schob er sich die Trichterböschung hinauf um schließlich auf ebenen Gelände eine ganz beträchtliche Geschwindigkeit zu entwickeln ...

Erstaunen im Diskus! Gab es auf dem Planeten doch so große Lebensformen? Oder handelte es sich doch um kein Tier. Doch was dann? – Technik aber trauten sie diesen Bewohnern einflach nicht zu.

»Was meint ihr«, fragte Mro. »Tier oder Maschine?«

»Maschine!« sagte Sun bestimmt.

»So gleichmäßig bewegt sich kein Tier dieser Größe!«

»Lasst euch nicht täuschen, wir sehen über Restlichtverstärker und Infrarotwandler«, erinnerte Ici.

»Dann kann es erst recht keine Maschine sein – sie würde Wärme erzeugen, zumindest an der Stelle, wo sich der Antrieb befindet würde unser Bild heller erscheinen!«

»Logisch!« sagte Mro. »Nur weigere ich mich zu glauben das dies da ein Tier sein soll!«

Das eigenartige Gebilde bewegte sich in völligem Gleichmass über den Wüstensand. Wenn man den zurückgelegten Weg verlängerte, zielte es genau auf die Stelle, wo Tec und die Gruppe der Soldaten wartete.

Ein hohes Pfeifen ließ Tec zusammenzucken, es brachte Bewegung in die um ihn Lagernden. Die Soldaten nahmen Aufstellung. Bald schon erkannte Tec ein riesenhaftes Gebilde, das sich nur langsam aus der einsetzenden Dunkelheit schälte.

Ein übergroßer Käfer? Waren auch seine ersten Gedanken. Unmittelbar vor ihnen am Waldrand hielt er urplötzlich an. Mehrere Soldaten entzündeten Fackeln, rannten hinüber. Da, eine Öffnung wurde sichtbar ...

»Also doch Maschine«, flüsterte Tec in sein Gerät.

Dutzende Soldaten rannten, eine hölzerne Rampe tragend, dem Ungetüm entgegen – schoben sie zu einer Öffnung. Sofort quollen fackeltragende weiße Ameisen aus dem gewaltigen Leib. In Reih' und Glied nahmen sie Aufstellung – es entstand eine regelmäßige Lichtertrasse. Gleich darauf schleppten Arbeiterinnen schwere Kisten und Truhen die Rampe herab und stapelten sie ordentlich am Waldrand. Unbeweglich standen die Soldaten um Tec, sie schauten ehrfurchtsvoll diesem Treiben zu. Es dauerte Stunden – danach dann der umgekehrte Weg. Dann endlich trat Ruhe ein. Die Trägerinnen hatten gerade ihre Fackeln gewechselt und schienen auf etwas besonderes zu warten.

Eine Ameisengestalt trat ins flackernde Licht. Ein Soldat, ganz anders als jene die Tec bisher kennen lernte. Dieser Soldat trug eine silbern schimmernde, prunkvoll verzierte Rüstung, in der sich das Licht der ungezählten Fackeln spiegelte. Mit seinem Greifer zog er ein Schwert, reckte es hoch über sich – tausendfache Pfiffe schallten durch den Wald bis in die Wüste. Es handelte sich offenbar um ein Begrüßungszeremoniell, denn zur Erwiderung zogen auch die wartenden Soldaten ihre Schwerter.

Rasselnde Geräusche ließen Tec zur Seite schauen. Was er sah, erregte seine Abscheu. Hunderte aneinandergekettete Arbeiterinnen wurden von Bewachern mit gezücktem Schwert auf die Rampe getrieben. Tec's Funkgerät gab ein Signal.

»Tec, unter gar keinen Umständen irgendwelche eigenmächtige Eingriffe! Ruhe bewahren, was auch geschieht, es könnte sonst gefährlich werden!«

Tec gab zur Bestätigung nur einen leisen Pfiff von sich. Er musste sich wirklich sehr zusammenreißen, bei dem was er sah.

Langsam verklangen die Kettengeräusche der Gefangenen, auch sie hatte der Riesenleib verschlungen. Tec's Begleiter lud ihn mit einer freundlichen Greiferbewegung zum Betreten des Gefährtes ein. Auch drinnen überall Fackeln. Langsam erkannte Tec wobei es sich dabei handelte – um ein schiffsähnliches Gebilde, völlig aus Holz gefertigt. Doch die Art des Antriebes gab ihm Rätsel auf. Die Soldaten lagerten sich schon bald in Hängematten, die aus gewebten Pflanzenfasern bestanden. Auch Tec wurde von seinem Begleiter in solch eine Matte gebeten.

Nach ihnen drängten sich noch Tausende der Fackelträgerinnen, sie löschten ihre Fackeln in bereitstehenden, wassergefüllten Bottichen und lagerten sich auf dem schmutzigen Holzboden.

In Tec brodelte es schon wieder, am liebsten hätte er lauthals protestiert gegen diese Diskriminierung, doch besann er sich rechtzeitig. Von irgendwoher aus dem inneren Rumpf vernahm er scharfe Kommandostimmen und ein knallendes, immer wiederkehrendes Geräusch und ein leichtes rucken, dann ein ächzen in den Holzverstrebungen. Offenbar setzte sich das Gefährt langsam in Bewegung. Tec fragte seinen Begleiter: »Wie treibt ihr denn dieses Fahrzeug an?«
Der weiße, Eisengerüstete grinste unverschämt.

»Hört man das nicht?« fragte er. »Die Peitsche erzählt es doch.«

Weil Tec noch immer nicht begriff, stand der Soldat auf und gebot ihm zu folgen. Sie gelangten an eine hölzerne Luke mit einem massiven Riegel. Mehrere Soldaten öffneten auf einen Wink von ihm ... Die Luke schwang auf. Da war ein endlos erscheinender, rauchiger Raum, spärlich von ein paar Fackeln beleuchtet, auf Bänken saßen sie angekettet, zu Hunderten. Sie bedienten ruderähnliche Holme im Takt zu Peitschenhieben, eine völlig gleichmäßige und stupide Tätigkeit. Es stank entsetzlich nach Schweiß und Exkrementen.

Das also war ihr Antrieb! Hunderte von wuchtigen Holzbeinen trieben diese Transportmittel vorwärts. *Diese Verbrecher*, dachte Tec. *Quälen ihresgleichen zu Hunderten.* Er sah den

Soldaten stumm aber fragend an – der machte nur eine gleichgültige Greiferbewegung und sagte: »Alles nur Aufrührerrinnen und Verbrecher, man hatte sie zum Tode verurteilt und schließlich begnadigt, so leisten sie wenigstens eine gemeinnützige Arbeit!«

Er ließ das Tor wieder schließen, so als wäre alles in Ordnung stieg er wieder in seine Matte. Tec war tief betroffen. Er sprach einige der am Boden liegende Arbeiterinnen an, sie schauten nur kurz auf, sagten aber nichts.

»Ist zwecklos«, rief ihm sein Soldat zu. »Die können nicht mehr reden, man hat ihnen alles herausgeschnitten!« dabei machte er eine vernichtende Handbewegung.

Wieder war Tec erschüttert, er zwang sich trotzdem ruhig zu bleiben. Aus seinem Ohrgerät vernahm er zusätzlich beschwichtigende Worte von Ici, sie bestätigten ihm den Mitschnitt von allem was er gesagt und erzählt bekam.

Seine Matte wiegte im Gleichmaß der Antriebsbewegung. Er musste schließlich eingeschlafen sein. Als er erwachte war Ruhe um ihn. Da er keinerlei Außensicht hatte und die Anderen noch schliefen, wusste er nicht, was vor sich ging. Doch bald wieder spürte er eine Bewegung, diesmal mehr schleifend und gleitend. Der Boden war nicht mehr gerade – sie mussten sich auf einer geneigten Ebene befinden ...

Ein tiefer, dunkler Ton, wie von einer angeschlagenen Metallplatte ließ ihn aufhorchen. Die Arbeiterinnen um ihn herum erhoben sich, drängten zur heruntergelassenen Rampe. Zum Schluss erst erhoben sich die Soldaten und mit ihnen auch Tec.

Beim betreten der Rampe sah sich Tec um. Die Höhe des Raumes ließ sich schlecht schätzen, es war einfach zu dunkel. Die wenigen Fackeln verbreiteten nur ein schwaches, rußendes Licht, das die Höhe vernebelte. Offenbar hatten die einheimischen Ameisen weitaus bessere Augen als seine Artgenossen.

Er folgte den Soldaten durch Gänge und Hallen. Vor jeden der Durchgänge standen schwerbewaffnete Posten. Vieles ging ihm in diesen Augenblicken durch den Sinn. Ob ihn seine Freunde hier in diesen Hallen orten konnten? Ein Entkommen wäre sicher unmöglich für ihn, so ganz ohne ihre Hilfe. Das sich die Situation aber so entwickeln würde, damit konnte keiner rechnen.

Vor einem mächtigen, hölzernen Tor, mit geschmiedeten Bändern und Knaufen, blieb sein Führungssoldat stehen. Die Wachen zu beiden Seiten blickten starr geradeaus, als ginge sie nichts etwas an. Sein Begleiter hob den schweren, eisernen Klopfring und schlug mit ihm eine Zeichenfolge. Minuten verstrichen, ehe sich rasselnd ein Torflügel öffnete. Helles Licht quoll heraus, der Soldat schob Tec sanft aber bestimmt vor sich in den Raum.

»Du gehst allein weiter – ich muss hier bleiben!«

Tec trat ein, das Einschnappen des Schlosses hinter ihm erschreckte ihn. *War er gefangen? – Nein, sicher nicht. In solch einem Raum, mit so protziger Pomp werden keine Gefangenen gehalten!* Sagte er zu sich.

Welch ein Kontrast zu allem vorher gesehenem? Geschwungene Säulen, reich mit Ornamenten verziert, dazwischen verschnörkelte Vitrinen mit geschnitzten Kampfszenen, drinnen Vasen aus buntem Kristall, Pokale, goldene Kelche. In kleinen, rundlichen Nischen Skulpturen aus weißem Marmor, von purpurnen Vorhängen gerahmt, Wand und Deckengemälde.

Der Fußboden wirkte wie geschliffener Kristall, indem sich die Lampen spiegelten. Das Prinzip der Beleuchtung erkannte

Tec erst beim nähertreten, als er das feine Rauschen hörte. Gaslampen! Offenbar kannten die Ameisenwesen noch keine Elektrizität ... Zu weiteren Betrachtungen kam er nicht mehr, zwei silberne Soldaten traten hinter einer zurückklappenden Statue hervor.

»Folge uns bitte, schwarzer Abgesandter der Nordprovinz. Unser Herr, der oberste Wächter der Königin will dich sehen!« Offenbar wusste man schon Bescheid über ihn ...

Tec betrat mit ihnen einen leicht abschüssig führenden Tunnel mit kreisförmigem Querschnitt. Wand und Boden wirkten auch hier wie aus Edelstein geschliffen. Die zahlreichen Gaslampen spiegelten sich in magischen Glanz.

Eine ganze Wegstrecke hatten sie schon im Tunnel zurück gelegt, als sie auf ein schweres, geschmiedetes Kreuzgitter trafen, es versperrte den Weg – sie warteten ...

Tec vernahm ein plätscherndes Rauschen. – Eine Sicherheitspassage? Ein tosender, unterirdischer Fluss würde jedes ungewollte Vorankommen verhindern. Einer der Begleiter steckte einen Schlüssel in eine markierte Steinplatte, der andere schob das Gitter nach oben. Im selben Augenblick rasselte eine kettengeführte Zugbrücke über den Fluss. Nacheinender betraten sie die Brücke. Kaum auf der anderen Seite, wurde die Brücke sofort wieder hochgezogen. Tec's abschätzenden Blicken entging nicht, dass der Tunnel auf der anderen Seite wieder leicht anstieg. Sicher ließ sich das gesamte Areal im Bedarfsfall fluten – hier wäre dann jede Flucht unmöglich. Eine böse Vorahnung ließ ihn nach seiner Waffe greifen. Ja – den Stopper hatte er noch. Sein Funkgerät aber gab so tief unter der Oberfläche keinen Laut mehr von sich.

Im Diskus herrschte Ratlosigkeit. Kurz, nachdem das merkwürzige Gefährt mit Tec im Felsentor verschwand, fehlten schon bald die Signale seines Funkgerätes. Sie begannen sich ernsthaft zu sorgen.

»Was machen wir«, fragte Sun. »Wenn Tec nun nicht mehr hervorkommt und wir auch keine Signal mehr empfangen?«

»Mit unserem Schiffsstopper alle einschläfern und Tec wenn nötig mit Gewalt holen!« Sagte Ici.

»Nein, dass klappt nie – selbst unser großer Stopper kann nicht durch vielleicht Dutzende Meter dickes Gestein wirken. So etwas können nur unsere Großkampfkreuzer, doch selbst bei ihnen wäre es nicht sicher. – Wir können vorerst nur abwarten und hoffen!«

Der Tunnel den Tec noch immer von den Soldaten eskortiert entlang lief, mündete in einen noch prunkvolleren Saal, dort dominierte nicht mehr das Gold, sondern Tausende von Edelsteinen, herrlich geschliffen und gefasst, sie glitzerten im Schein der Gaslampen. Aber auch das war nur ein Vorraum, woran sich der eigentliche Thronsaal anschloss ...

Zu beiden Seiten saßen sie an langen Tischen, Dutzende goldgepanzerte Soldaten. Erst ganz am Ende des Raumes, erhöht wie auf einer Bühne, ein Soldat in einer Rüstung mit Diamanten und Smaragden verziert, sitzend auf einem blutroten Thron, geschnitten wie aus einem einzigen Rubin.

Die beiden Soldaten begleiteten Tec bis in die Mitte des Raumes, hießen ihn dort zu warten und entfernten sich katzbuckelnd und rückwärtsgehend. Der auf den Thron Sitzende erhob sich mit effektvollem Gehabe. Er kam ein paar würdefolle Schritte auf Tec zu und musterte ihn eingehend.

»Warum hast du meine Soldaten belogen und dich für einen Abgesandten der Nordprovinzen ausgegeben?« fragte er süßlich, süffisant.

»Ich habe nicht gelogen«, sagte Tec betont ruhig.

Der Edelbesteinte kam noch näher.

»Du lügst schon wieder«, zischte er. »Und weißt du woher ich das so genau weiß?«

Tec schaute so gelassen wie möglich.

»Ich will es dir sagen«, fuhr der Edelbsteinte fort. »Vor ein paar Tagen erst habe ich mit meinem größten, ruhmreichen Heer die Nordprovinzen ausgelöscht!« er machte dabei eine vernichtende Greiferbewegung, dass es Tec fröstelte.

»Alle habe ich sie beseitigt! Wie soll es da, frage ich dich, noch einen Botschafter geben?« sagte er nun schon deutlich zynisch werdend. Tec zitterte so, dass er es kaum zu verbergen mochte – nicht aus Angst, sondern wegen des ungeheuerlichen Geständnisses dieses Monstrums. Rings um ihn erhob sich zu allem Überfluss auch noch brüllendes Gelächter.

Mit einer Greiferbewegung des Edelbesteinten trat Ruhe ein.

»Was sagst du nun, *Botschafter*?« fragte er hämisch grinsend. Tec zwang sich zur Ruhe und wiederholte: »Ich bin ein Botschafter, aber ich komme nicht aus dem Norden, sondern vom Himmel!«

Wieder setzte das Johlen, Lachen und Grölen ein. Der Oberste gebot Ruhe. An Tec gewand sagte er: »Vom Himmel – so, so, dann zeig' uns etwas von deiner himmlischen Macht!« Dabei spielte er mit einem schönen, ziselierten Dolch und fuchtelte damit Tec vor seinem Gesicht. Er wollte offenbar provozieren – oder vielleicht auch nur einschüchtern. Er wurde immer dreister, berührte schließlich Tec's Brust mit der Dolchspitze. Tec sprang zurück, riss seinen Stopper vom Gurt und zielte die beiden Reihen entlang. Entsetzt schaute der Edelbesteinte auf seine Untertanen, die in allen nur denkbaren Positionen erstarrten und sich nicht mehr rührten. Der Oberste änderte augenblicklich sein Verhalten, er warf sich vor Tec flach auf den Boden und winselte flehend: »Verzeih mir, göttlich Erhabener, verschone mich, ich will für immer dein Diener sein!«

Tec hielt seine Waffe auf ihn gerichtet und befahl ihm aufzustehen. Zwei offenbar nur halb getroffene versuchten näher zu kriechen. Tec bemerkte sie und sagte in scharfem Ton: »Waffen ablegen und aufstehen!«

Klirrend schepperten Dolche und Schwerter auf den Steinboden. Einen weiteren hereinstürmenden Soldaten lähmte der Stopper.

Tec war sich nicht sicher, ob nicht noch weitere ...

Er gab sich hart und energisch.

»Ich verlange auf dem schnellsten Weg ins Freie zu gelangen, sonst ...!« er machte eine unmissverständliche Waffenbewegung.

Ein Goldener sprang zur Wand und bewegte einen Hebel.

»Halt!« rief Tec, der Soldat ließ seinen Greifer sinken. Tec traute ihm nicht, er ahnte seine Absicht und befahl, mit ihm den Platz zu tauschen, er selbst bediente den Hebel. Mit einem Aufschrei des Entsetzens fiel der Soldat durch eine Falltür in die Tiefe!

»So habt ihr also gerechnet!« rief Tec wütend geworden und zielte dabei auf den Edelbesteinten, der ihm nun schlotternd einen weiteren Hebel zeigte. Tec ließ sicherheitshalber einen Soldaten vorgehen, doch diesmal schwang eine Steinpforte auf, eine kleine Treppe führte aufwärts. Sorgsam Obacht gebend sprang Tec zur Treppe, nahm die paar Stufen. Er gelangte tatsächlich zur Oberfläche des Plateaus, dorthin wo sie noch vor ein paar Stunden landeten. Er schaute sich um – natürlich waren seine Freunde längst nicht mehr dort. Er rannte weiter auf das Plateau. Im schnellen umdrehen gewahrte er die aus der Luke quellenden Soldaten. Er lief schneller und erschrak, auch an anderen Stellen öffneten sich Steinplatten – überall Soldaten. Was tun? Sein Stopper würde bald schon leer sein, die Ladungen aufgebraucht ...

Er brüllte in sein Funkgerät: »Freunde, holt mich doch, ich bin in Gefahr!«

Die Soldaten näherten sich von allen Seiten, vorsichtig zwar, aber unaufhaltsam. Tec benutzte seinen Stopper um Verwirrung zu stiften. Die Ersten erstarrten, die restlichen stockten, nur ganz vorwitzige, die nach vorne drängten, traf sein Stopper. Trotzdem aber hatte sich ein geschlossener Ring um ihn gebildet. Aus? Wohin sollte er noch mit den wenigen verbliebenen Ladungen schießen? Sie würden ihn doch bekommen, früher oder später, nur eine Frage der Zeit.

Ein hohes, feines Singen ließ die Soldaten nach oben schauen. Von Tec aber, wich es wie eine Last. Er kannte dieses Geräusch genau – der Diskus stürzte mit hoher Geschwindigkeit dem Plateau entgegen. Den Augenblick der allgemeinen Verwirrung ausnutzend, setzte er neben ihm auf. Er sprang die wenigen Schritte zur sich öffnenden Rampe ...

Gerettet! Im Diskus gab es eine sehr herzliche Begrüßung, man beklopfte sich mit Armen und Fühlern, so wie es ihre Art war.

Zur Sicherheit errichtete Ici um den Diskus ein glockenförmiges Schutzfeld, das sich bis zu den wartenden Soldaten erstreckte. Mit einem frischen Stopper bewaffnet, stieg Tec aus. Er schlug bewusst die Richtung ein, aus der er vorher geflohen war. Gerade als er das Feld fühlen konnte, hob er seinen Greifer und rief mit lauter Stimme: »Soldaten, ich befehle euch, holt den Obersten!«

Murmeln wurde laut, pflanzte sich durch die Menge der Soldaten, doch nichts geschah. Langsam, auf Wirkung bedacht, zog Tec seinen Stopper und zielte auf eine Gruppe der nächststehenden Soldaten. Er drückte den Auslöser – viele der Stehenden erstarrten, einige fielen um. Endlich Bewegung!

Doch anders als Tec erwartet hatte – sie stürzten sich auf ihn. Tec blieb trotz seiner Überraschung ruhig stehen und schaute ihnen entgegen. Sie stießen mit ihren Schwertern auf das Feld und hieben Hasserfüllt darauf ein. Je mehr sie an Kraft dabei aufwendeten, um so kräftiger wurden sie zurückgefedert. Tec schoss nun wahllos in die Menge – immer mehr der Soldaten erstarrten. Die übrigen zeigten nun doch endlich Wirkung, sie stockten, schienen zu überlegen. Mehr und mehr zerbrach ihr Widerstand, sie begannen langsam zurück zu weichen, doch eine andere Gruppe näherte sich nun Tec.

»Halt ein, Fremder, wir werden den Obersten holen!« riefen sie.

Tec wartete. Im Diskus staunten sie über den Mut der Ameisensoldaten, die selbst im Angesicht einer ihnen unbekannten Waffe und ihrer erschreckenden Wirkung so lange stand hielten. Wahrscheinlich entsprang dieser Mut ihrem ererbten Verhaltensmuster, das bei ihnen doch noch wesentlich urtümlicher sein musste. War doch Tec auch ein Soldat mit ebensolchen großen und kräftigen Zangengreifern, und doch unterschied er sich ganz wesentlich von ihnen. Nicht vom Aussehen her, mehr durch seinen analytischen Verstand, seiner Bildung und sein Wissen. Tec und seinesgleichen hatten in Ihrer Zivilisation die Aufgabe, ihre Arbeiterinnen zu schützen, für Ordnung und Sicherheit und für die Einhaltung der Gesetze zu sorgen. Diese hier aber benutzten ihre Fähigkeiten für Mord, Plünderung und Unterdrückung.

»Wisst ihr?« fragte Mro, »was mir im Augenblick Kopfzerbrechen bereitet? – Es ist die Tatsache, das wir so wenig Arbeiterinnen begegneten. Eigentlich doch nur dort am Wald, beim Feuer legen.«

»Vergesst die Angeketteten in dem Käfer nicht«, erwiderte Ici. »Vielleicht gibt es mehrere davon«.

»Ja Mro, aber auch dann sind es zu wenige. Dieser Ungereimtheit müssen wir unbedingt auf den Grund gehen.«

Zu weiteren Überlegungen kamen sie nicht mehr, die wartenden Soldaten gerieten in Bewegung, bildeten eine Gasse ...

Da kam er, genau so überheblich wie Tec ihn kennen gelernt hatte. In seiner Edelsteinrüstung schritt er stolz, fast feierlich bis an den Rand des Kraftfeldes. Er schaute sich um, sah die in weitem Umkreis erstarrten Soldaten liegen und schaute scheinbar unbeeindruckt zu Tec. Als er beim nächsten Schritt an das unsichtbare Feld stieß, zuckte er zusammen. Laut aber fragte er: »Fremder, mächtiger Herrscher – was willst du von mir? Warum mordest du meine Soldaten? Nenne mir deinen Preis, ich will ihn zahlen, dann aber lass uns in Frieden!«

»Frieden, Frieden!« klang ein mehrfaches, offenbar befohlenes Echo.

»Höre, oberster Wächter der Königin«, sagte Tec. »Auch wir wollen Frieden – doch nicht nur zwischen uns und euch, sondern erst recht zwischen euch Soldaten und den Arbeiterinnen!«

Wieder lautes Gemurmel.

»Wo sind sie eigentlich?« fragte Tec weiter.

Betroffenen Stille breitete sich über das Plateau, ein etwas abseits stehender Soldat rief: »Na die arbeiten, so wie es ihre Pflicht ist!«

»Und welches ist eure Pflicht!« rief Tec zurück.

Wieder nur Schweigen.

An den Obersten gewand befahl Tec: »Suche dir zehn Getreue, versammle sie um dich!«

Der Oberste nickte und sprach mit seinen Begleitern, die sich daraufhin sofort suchend in die Menge begaben. Minuten vergingen, einer nach dem Anderen kamen sie. Tec sah sie sich genau an und befahl: »Eure Waffen, so wie die Rüstungen werden abgelegt – der Oberste mag seine behalten!«

Er trat einige Schritte zurück, worauf Ici, Mro und Sun nur gewartet hatten. Die Soldaten befolgten den Befehl. Der Oberste hob den Greifer als Zeichen – im selben Augenblick wollten noch andere Soldaten ihrem Obersten nach, prallten aber auf das sich gerade formierende Feld. – Wie auf ein Kommando stürzten sich die Zehn innerhalb des Feldes auf Tec. Mro hatte ähnliches schon befürchtet – sie betätigte den Stopper nur mit mäßigem Energieeinsatz. Alle, auch Tec erstarrten. Ici und Sun rannten eilig aus dem Diskus um ihren Tec zu holen. Sie weckten ihn mit einer dosierten Ladung. Er schüttelte sich kurz, war aber sofort wieder einsatzbereit.

»Alarm!« Der Blick auf die Bildschirme ernüchterte sie. Innerhalb ihres Schutzfeldes wurden Steinplatten, offenbar von unten, gewaltsam zerstört. Hunderte Soldaten quollen hervor.

Tec hätte es wissen müssen. Die Ersten erreichten schon den Diskus. Er zog seinen Stopper, im letzten Augenblick erstarrten zwei Schwertschwingende. Ici, inzwischen schon am Schiffsstopper, schoss. Massenhaft erstarrte die Front der heranwogenden Soldaten, sie wurden zum Großteil von der nachstürmenden Menge umgerissen. Tec sprang zum Steuerpult, schloss die Luke und hob den Diskus einige Meter über den Boden. Nun wurde erst das Ausmaß ersichtlich. Da lag ein unbeschreibliches Gewimmel durcheinander.

Bei den Ameisen im Diskus regten sich Gewissensbisse, über das, was sie angerichtet hatten.

»Wir können hier nicht einfach so verschwinden«, gab Tec zu bedenken. »Es wäre ihr Todesurteil, ihresgleichen halten sie bestimmt für tot. Über kurz oder lang werden sie die vermeintlich Toten beseitigen!«

»Ja, das ging mir auch schon durch den Kopf«, sagte Mro.

»Sie wollten uns doch töten«, erregte sich Ici, »ganz ohne wenn und aber! – und wir sollen nun Rücksicht nehmen auf diese, diese ... ?«

»Ici, na hör mal – was ist mit dir los? Du plädierst für den Tod?« fragte Mro entrüstet.

»Ja, bei diesen Verbrechern kommen mir solche Gedanken!« sagte Ici.

Mro war entrüstet, sie schrie Ici an. »Das hieße ja, dass du dich auf die Stufe von ihnen stellen willst! und ich dachte immer, dass wir uns darin einig währen! – Getötet wird nicht, auch nicht mittelbar! – Als einzige Ausnahme haben wir den Fall angenommen, wenn wir, oder einer von uns mit dem Tode bedroht wird, nur dann, im äußersten Notfall wollten wir zu solchen Mitteln greifen!«

»Aber Mro, denkst du gar nicht an all die Versklavten? Für die der Soldaten Tod ihre Befreiung bedeutet?«

»Doch Ici, ich denke schon daran. Aber so geht es nicht! im Kampf um unser Leben ja, aber nicht unter diesen Umständen.« Tec nickte zustimmend.

Sie aber schüttelte noch immer ihren Kopf. »Nein Tec und Mro, ich bin trotz alledem nicht eurer Ansicht. Ich sage dass Gewalt nur mit Gewalt zu brechen ist ...«

Weiter kam sie nicht mehr, die Ereignisse traten schneller ein als sie vermuteten ...

Tausende von Arbeiterinnen, von wer weiß wo hergeholt, begannen die Gestoppten zu sammeln und regelrecht zu Stapeln. Ölfässer wurden herangerollt ...

»Da, seht ihr, was die vorhaben«, sagte Tec. »Die vermeintlich Toten sollen verbrannt werden. Das dürfen wir auf keinen Fall zulassen!«

Tec handelte. Er schaltete die Außenlautsprecher ein, nahm seinen Übersetzer und schrie ins Mikrofon: »Alle weißen Ameisen, herhören! Die von euch aufzusammelnden Soldaten sind nicht tot, sie schlafen nur! Wir können sie wieder aufwecken! tretet zurück und wartet!«

Gehorsam machten sie Platz. Tec zielte, zog den Auslöser. Augenblicklich kam Bewegung in die scheinbar Toten. Alle krabbelten um und durcheinander. Die Stapel wurden zu einer lebendig quirlenden Masse.

Tec griff wieder zum Mikro: »Hört mir zu, weiße Ameisen! Im Bau des obersten Wächters der Königin sind auch noch Schlafende, holt sie herauf und legt sie zum Obersten!«   Es dauerte gar nicht lange, und ihr Stopper hatte auch das geregelt. Was aber danach auf dem Plateau geschah hatte keiner erwartet. Die allgemeine Verwirrung ausnutzend hatten sich Tausende von Arbeiterinnen bewaffnet, um nun ihrerseits die noch teilweise unbewaffneten Soldaten anzugreifen.

»Das wäre es dann wohl«, sagte Tec. »Die Revolte beginnt! Hier haben wir vorerst nichts mehr zu tun, das ist Ihre Sache«. Eben als die Raumschiffameisen auf Höhe gehen wollten, rief es von unten: »Hilfe, Hilfe! Bitte nehmt uns doch mit.«

Ein eiserner Soldat und zwei Arbeiterinnen winkten verzweifelt. Tec ließ den Diskus wieder absinken und öffnete dabei die untere Luke. Mro und Ici sprangen hinzu und halfen ... Ein goldener Soldat hieb mit seinem Schwert dazwischen und verletzte den fast schon in Sicherheit befindlichen Soldaten.

Die zweite Arbeiterin zerteilte ein gewaltiger Schwertstreich. Im letzten Augenblick konnten sie die Luke schließen

Tec riss den Diskus auf Höhe. Zwei so ungleiche Ameisen hatten sie retten können ...

Ängstlich blickte die fremde Arbeiterin in die Runde. Um den zum Glück nur mäßig verletzten Soldaten kümmerte sich Mro und Sun.

Der Diskus hatte inzwischen den Orbit erreicht, sie waren erst einmal in Sicherheit.

Mit der geretteten Arbeiterin hatten sie großes Glück, es handelte sich um eine jener gebildeten Ameisen die im Handwerker und Wissenschaftstrakt der Stadt arbeiteten. Sie hatte Zugang zur Bibliothek und kannte sich im großen und ganzen mit ihrer fernen Geschichte aus. Sie hieß Mun und erzählte:

»In unseren alten Schriften heißt es, das Götter vom Himmel stiegen und meine frühen Vorfahren die Schrift und so manche Künste lehrten. Sie zertrennten die Felsen und bauten daraus eine gewaltige Plattform, worauf sie ihre Himmelsleiter stellten um uns wieder zu verlassen. Sie sollen das Versprechen gegeben haben in ferner Zukunft wieder zu kommen. Diese Plattform sollten wir pflegen und bewahren. Jahrtausende lang kümmerten sich darum sogenannte Auserwählte, die jeglichen Pflanzenbewuchs um die Terrasse verhinderten. So entstand die Wüste. Im Laufe der Zeit veränderten Wind und Regen die Steine, sie wurden brüchig und rissig ... Die Steinmetzekunst war jedoch zu dieser Zeit schon so weit entwickelt, dass man die schadhaften Quader durch neue ersetzen konnte. Immer mehr Arbeitskräfte wurden dafür benötigt. In der Nähe des Plateaus entstanden so Hunderte neue Siedlungen. Die benötigten Steine brach man unterhalb des Plateaus, in der Wüste. Viele Arbeiterinnen standen gut im Lohn, jeder hatte ein Auskommen. Einige besonders begabte brachten es zu einem gewissen Wohlstand.

Im Umfeld der Königin begannen die Soldaten zu dieser Zeit Pläne zu erarbeiten um den Sitz der Königin, damals noch tief unter der Erde gelegen, in eine Behausung im Steinplateau zu verlegen, dorthin wo vielleicht einmal wieder die himmlische Leiter angelegt werden würde.

Da dieser Ort des Plateaus als göttlich galt, meinte man, so die beste Nachbarschaft zu haben. Die Arbeiten dauerten Jahrhunderte. Im Laufe der Zeit wurde das gesamte Staatengebilde nur noch von den weißen Soldaten geleitet. Die Königin verlor immer mehr an Einfluss. Damals entstanden auch die Anfänge des Kastensystems, die Unterscheidung in Privilegierte und Befehlsempfangende. Als äußeres Zeichen schufen die Soldaten die verschiedenen Rüstungen und Kennzeichnungen. Für sie bedeutete es Erleichterung bei der Strukturierung der Macht. Jeder konnte sofort erkennen, welchem Stand er angehörte. Doch auch dies war nur eine Einleitung, bald schon begannen Kriege, Raubzüge, die sie vor allem in die Nordprovinzen führten. Es erschien ihnen besonders günstig, weil dort nur kleine, schwache Staaten existierten. So raubten sie dort Hunderttausende der Arbeiterinnen als Sklaven. Sie mussten in ihren Bergwerken und Steinbrüchen Schwerstarbeit leisten.

In Anlehnung an das Steinplateau wurden neue Bauwerke geschaffen. Diese Steinhäuser unterschieden sich kaum vom eigentlichen, ursprünglichen Plateau. Man baute jedoch nicht mehr fugenlos, sondern mit sehr breiten Spalten. Die so entstandenen Schluchten zwischen den Blöcken dienten als Straßen, Lichtschächte und Rauchabzüge. Alle diese Gebäude wurden durch unterirdische Gänge verbunden. Aus Sicherheitsgründen baute man das gesamte System überflutbar. Für die Gefangenen wurde dadurch eine Flucht so gut wie unmöglich. Die Frondienstleistenden durften ohnehin die Stadt nie verlassen.

Sicher leben wir heute als Handwerkerinnen nicht mehr so schlecht. Wir haben zu essen, besuchen Schulen, arbeiten, machen Erfindungen, natürlich gilt das nur solange wir von Nutzen sind. Diejenigen aber, die sich mit ihrem Los nicht abfinden können oder wollen, werden grausam misshandelt, in Kerker gesperrt, oder getötet. Die wirklich Mächtigen sind die goldenen Soldaten, an ihrer Spitze der Edelbesteinte. Unter dieser Führungselite stehen die silbernen Soldaten, die eigentlich nur Befehlsüberbringer sind. Die Eisernen müssen dann die eigentlichen Grausamkeiten begehen. Diejenigen der eisernen Soldaten, die sich durch besondere Greul hervortun, können sich sogar hocharbeiten und Silberne werden. Die Goldenen aber sind durch Geburt festgelegt. Nur aus ihren Kreisen wird der Fähigste zum obersten Wächter der Königin ernannt. Alle anderen die außerhalb der Stadt leben haben nur eine Kampfausbildung – sie können weder lesen noch schreiben. Eine Ausnahme bilden wir Goldpunktarbeiterinnen. Dieser Punkt, ist nicht löschbar, er schützt uns vor ihren Übergriffen und weißt uns als spezielle Fachleute aus.

Dort wo ich herkomme, aus der Nordprovinz, arbeiten wir noch alle nach alter Tradition; es gilt einer für alle und alle für einen. – Jeder von uns ist beteiligt an Planung Arbeit und Gewinn. Unsere Königin leitet zwar, trotzdem aber hat ein jeder ein Höchstmaß an Freiheiten. Selbst die Soldaten fügen sich in diese Ordnung ein und arbeiten mit – sie übernehmen die besonders kraftaufwendigen Arbeiten und unseren Schutz. Wir hätten recht gut in Frieden leben können, wenn nicht diese gewalttätigen Horden aus dem Süden immer wieder stehlend und brandschatzend bei uns eingefallen wären. Zu allem Übel nahmen sie immer Zähntausende von unseren Leuten als

Gefangene mit, um sie in ihre *großartige* Stadt zu bringen. Ihre übermächtigen Waffen und die Kampfeskraft brachen stets jeden Widerstand.

Leider gibt es bei uns im Norden noch Hunderte von Einzelstaaten, die sich noch nie entschließen konnten etwas gemeinsames gegen die Südstaaten zu unternehmen. Unsere Völker werden so immer wieder dezimiert.

Mich haben sie vor Jahren bei einer Schmiede im Norden gefangen. Ich wurde nur darum verschont, weil ich als ausgezeichnete Fachameise galt. Ich arbeite nun zur Fron in der Kunstabteilung der Stadt, Abteilung Waffentechnik, und habe dadurch natürlich gewisse Vergünstigungen. Andere Gefangene, sicher sind es Millionen, müssen unter Tage schuften, niemals dürfen sie an die Oberfläche. Ihre Produkten werden in großen Kisten an die Oberfläche befördert.

Ihr habt doch bestimmt schon die rauchenden Wälder gesehen, dort wird die Holzkohle für die Gasbeleuchtung hergestellt. Sinnloserweise, denn ich habe wiederholt darauf hingewiesen, dass es ganz in der Nähe Kohlelagerstätten gibt, die man wesentlich rentabler vergasen könnte. Sie erklärten jedoch, dass eine Umstellung zu aufwendig wäre und schließlich ginge es auch so schon über Jahrhunderte.

Aus eigener Kraft können wir hier kaum etwas ändern, wir brauchen so Mächtige, wie Ihr es seid, ihr aber seit nicht genug. Ich bitte euch, kommt mit mir in den Norden, dort leben unsere Verwandten und Artgenossen. Einige von ihnen werden bestimmt mit euch kommen, um in eurer Heimat von den hiesigen Zuständen und den Untaten der Soldaten zu berichten!«

Der eiserne Soldat stand dabei und nickte nur ab und zu bestätigend. Vieles von dem was die gebildete Ameise berichtete konnte er nicht verstehen und auch nicht wissen, war er doch ständig in irgendwelche Kriege verwickelt. Er kannte nur den Kampf und Grausamkeiten, Folterungen, Exekution und Tod. Doch waren ihm diese Gräuel einfach über, besonders, weil er das darin enthaltene Unrecht erkannt hatte. Hätte er nicht zum Diskus fliehen können, wäre er freiwillig in den Tod gegangen – so behauptete er es jedenfalls.

Tec, Sun, Ici und Mro waren betroffen, so schlimm hatten sie sich die Situation nicht vorgestellte

»Nun Tec«, fragte Mro. »Fliegen wir nach Norden?«
Tec wiegte zweifelnd seinen Kopf und gab zu bedenken: »Es könnte auch eine Falle sein!«

»Aufpassen werden wir schon müssen! Im übrigen vertraue ich dieser Arbeiterin«, sagte Sun.

Gesagt – getan! Ici steuerte den Diskus in Richtung Norden. Unter ihnen flog eine arg zerklüftete Landschaft mit hohen spitzen, felsigen Bergketten vorbei. Unweit der Heimatsiedlung der Goldpunktarbeiterin, Mun, setzten sie zur Landung an.

In einer kleinen scharfkantigen Felsmulde versteckten sie ihren Diskus so gut es ging. Mun und Tec begannen den Abstieg ins Dorf. Tec versteckte sich später, in einem außerhalb des Dorfes liegenden Pflanzendickicht. Er wollte Mun möglichst freie Hand lassen um sie dabei gut beobachten zu können. Sie ging zielbewusst zu dem tiefer im Tal gelegenen Hügelbauwerk, das sich zwischen die hohen, baumähnlichen Pflanzen schmiegte und verschwand in einem der zahlreichen Eingänge. Tec wartete voller Ungeduld – doch nicht lange, Mun kam, sie winkte schon von weitem. Er freute sich, dass alles so gut ab lief und rannte ihr entgegen. *Komm!* rief sie Tec zu. »Nirgendwo sind Feinde, meine Sippe möchte euch gerne kennen lernen!« Tec gab die gute Nachricht über Funk zum Diskus.

Nach wenigen Minuten schon senkte sich der Diskus herab. Die weißen Ameisen strömten aus ihrem Bau und umringten das Raumschiff der Formicinus.

Mun, die Goldpunktarbeiterin, gab die nötigen Erklärungen und agierte gleichzeitig um Freiwillige, die den Diskus auf seiner Reise zurück begleiten sollten. Zwanzig Freiwillige stellten sich spontan zur Verfügung, doch das waren zuviel für den kleinen Diskus! Zehn würden sie problemlos mitnehmen können, aber Zwanzig ...

Mun sollte auswählen. Doch wen sollte sie ausschließen?

»Sag mal Mro«, fragte Tec, »können wir nicht in Anbetracht der besonderen Situation doch alle zwanzig mitnehmen?«

»Ja gern Tec, aber wie willst du das Kunststück fertig bringen?«

Sun hatte eine Idee ...

»Es gäbe da schon eine Möglichkeit. Wir entrümpeln den Diskus, schmeißen alles Überflüssige raus, die Messungen sind soweit abgeschlossen, die Aufzeichnungen gesichert, die Geräte könnten wir wirklich hier lassen!«

Mro war nicht gerade begeistert, hatte sie doch die Verantwortung für all die Apparate.

»Bedenke Mro, es geht um Lebewesen, die ihrer Rasse zum Nutzen diese weite Reise antreten wollen – die Messgeräte können wir in diesem Falle wirklich verschmerzen«, sagte Sun mit Nachdruck.

»Ist schon gut, Sun, manchen deiner Argumente kann man wirklich nicht widersprechen!«

Vorsichtig, sich neugierig umschauend, betraten die Ameisen den ihnen fremden Diskus. Jede wollte beim ausladen helfen. Bald schon standen alle entbehrlichen Geräte und

Apparate fein säuberlich einen Steinwurf neben dem Diskus gestapelt.

»Es ist soweit, bitte zurücktreten!« rief Tec.

Ici richtete den Schiffslaser. Innerhalb von Sekunden wandelte der grellgelbe Strahl die wertvollen Geräte in einen glühenden, schmelzflüssigen Metallbrei. Es musste sein! Erschreckt, aber auch voller Interesse schauten die Dorfbewohner zu.

Später, bevor sie abflogen, organisierte Tec mit den Dorfbewohnern einige Schießübungen mit den Stoppern. Bald schon begriffen sie die Handhabung. Man überließ ihnen eine Kiste davon, zur Verteidigung!

Im Namen der Formicinus gab er das Versprechen, sobald als möglich zurück zu kommen, spätestens in einem Jahr.

Über den Außenlautsprecher rief Tec den zurückbleibenden zu: »Hört Ameisenwesen! Wenn wir zurück kommen, dann mit riesenhaften Raumschiffen – fürchtet euch nicht!«

Unter Jubelrufen schloss Tec die Luke, langsam erhoben sie sich vom Boden ...

Unter den Mitfliegenden war es sehr eng, dicht an dicht standen sie im Kommandoraum. Mit letzten Blicken sagten sie ihrer Heimat ein Lebewohl. Schnell stieg der Diskus auf Höhe und bald schon verließen sie die Atmosphäre des Planeten und tauchten in die Schwärze des Alls.

Der Erste Raumsprung führte sie in Richtung Ras-Algeti, im Sternbild des Herkules, einem roten Riesen der Spektralblasse M5, der einen lichtschwachen Begleiter besaß. Er diente ihnen als Meilenstein zwischen den Welten. Nach dem Sprung standen sie dicht bei diesem Riesen, Fünfhundertfünfzig Lichtjahre von ihrer Startposition entfernt. Ihre Heimatgalaxie, der Kugelsternhaufen M92, stand vor ihnen, sechstausend Lichtjahre entfernen ...

Der nächste Sprung begann mit allen ihnen schon bekannten Konsequenzen. Sie wurden unweit der Heimatdoppelsonne der Formicinus rematerialisiert. Die beiden Sternkomponenten mit ihrer so unterschiedlichen Größe und Lichtfarbe lenkten ihre Blicke auf sich, natürlich aus ganz unterschiedlichen Gründen. War es für die einen Heimatfreude, so für die Ameisen des Dunkelsternes das Erlebnis einer nie gesehenen, fremdartigen Schönheit. Die beiden Sonnen änderten scheinbar schnell ihre Standorte. In Wirklichkeit aber hatten sie eine Rotationsdauer von mehreren Tagen, die Geschwindigkeit des Diskus täuschte ihnen nur anderes vor.

Sie überholten einige Kleinstplaneten auf ihrer Bahn um den gemeinsamen Schwerpunkt der beiden so ungleichen Sonnen. Für die Gastameisen setzte ein unbekannter, aber reger Informationsaustausch zwischen dem Diskus und einer fernen Basis ein. Sie verstanden zwar die Worte nicht, erkannten aber am Klang der Stimmen eine gewisse Aufregung und Spannung, sie fühlten dass es dabei um sie gehen musste.

»In wenigen Minuten landen wir auf unserem Wohn- und Erholungsplaneten!« teilte Sun mit. »Weiterhin möchte ich unsere Gäste bitten noch im Diskus zu bleiben – es müssen noch einige obligate, medizinische Untersuchungen vorgenommen werden, danach geht es um die Anpassung der benötigten Spektralschieber!«

Tec, Sun, Mro und Ici verließen den Diskus von den Herbeieilenden freundlich begrüßt. Nach altem Ritual befühlten und betasteten sie sich gegenseitig, es erzeugte ein Gefühl der Verbundenheit.

Inzwischen begab sich eine Ärztegruppe zum Diskus. Die mitgebrachten Spektralschieber bedurften nur noch einer individuellen Feinabstimmung.

Unter den Klängen einer fremden, elektronischen Musik verließen sie gemeinsam den Diskus.

Auf die weißen Ameisen der Dunkelwelt stürmten völlig neue Eindrücke. Schon allein die zwei Schatten, die alle Gegenstände warfen, die dazu noch verschieden gefärbt auftraten, erschienen ihnen besonders fremdartig. So beeindruckte sie auch der strahlend blaue Himmel mit den herrlichen, weißen Federwolken.

Auf der weiten, betonähnlichen Fläche, die im Schein der Doppelsonne lag, standen Hunderte von Raumfahrzeugen, meist ihrem Diskus ähnlich, aber auch bedeutend größere, fremdartigere.

Sie bestiegen einen Schweber, eine Art halben Diskus, oben offen. Mit ihm erhoben sie sich und flogen in niederer Höhe über dem Boden. Warm und sanft umspülte sie ein leichter Fahrtwind. Dieser Schwebeflug gab ihnen erst den nötigen Überblick über die tatsächlichen Größenverhältnisse. Tec steuerte den Schweber auf eines der Gebäude zu – doch erwies sich dieser Eindruck bald schon als Täuschung.

»Das hier ist einer unserer Großraumer, ein Kampfschiff von der Art, wie wir es auf eurem Planeten einsetzen wollen – aber eben nur wollen, wir haben darüber leider nicht zu befinden.«

Tec steuerte den Schweber auf Höhe um den Großraumer besser übersehen zu können. Er bestand aus drei gewaltigen, diskusförmigen Körpern, die um Hundertzwanzig Grad versetzt um einen Kugelförmigen Zentralkörper angeordnet waren. Tec führte den Schweber in gleichmäßigen Spiralen auf

Höhe. Soweit das Auge reichte, nur dieser graue Plastbeton mit farbigen, signalhaften Einbettungen.

In der Ferne dann tauchten die ersten grünen Flächen von glitzernden Streifen unterbrochen auf – und genau dorthin flogen sie. Das Betongrau endete abrupt und wurde von dunkelgrünen, grasähnlichen Pflanzen abgelöst. Dazwischen befanden sich zahlreiche Teiche, bedeckt mit bunten, unbekannten Gewächsen. Auf schmalen Wegen, die sich serpentinenförmig durch diese Parklandschaft wanden, spazierten bunt bekleidete Formicinus. Ein hoch oben fliegendes Großraumschiff verdunkelte für Sekunden die Strahlen der beiden so ungleichen Sonnen und warf diese eigenartigen, doppelten Schatten.

Auf ihrem weiteren Flug begegneten ihnen oft kleine, geflügelte Insekten – aber auch größere Libellenähnliche, die sie mit ihrem Prallfeld zur Seite drängten. Fast am Horizont zeichneten pyramidenförmige Gebilde ihre Umrisse. Beim Näherkommen bemerkten sie, dass es sich um regelmäßige Kegelstümpfe handelte, die wie zufällig in der Landschaft angeordnet wirkten. Je näher sie diesem imposanten Bauwerk kamen, desto mehr beeindruckte sie dessen Größe. Treppenartig stiegen die Etagenkomplexe die Kegelwandung empor. Auch an ihnen ein artenreicher, vielfältiger Pflanzenbewuchs.

»Wozu sind die kreisförmigen Flächen auf den Dächern?« fragte, die Dunkelsternarbeiterin, Mun.

»Landeplätze für die Schweber, aber auch für größere Fluggeräte«, erklärte Tec und steuerte auf eines dieser Gebäude zu, er landete auf der Markierung. Sie brauchten nicht einmal auszusteigen, der Diskus sank gleich mit ihnen in die Tiefe des Gebäudes. Eine beinahe Schwerelosigkeit sagte etwas über die Höhe der Geschwindigkeit des Transportes. Kurz darauf kräftiges aber weiches Abbremsen.

»Alle aussteigen, wir sind da!« forderte Tec.

Sie betraten eine Art von Vorraum, der von der eigentlichen Halle durch eine raumhohe Scheibe getrennt war. Dahinter saßen zu Tausenden, die Formicinus heftig diskutierend.

Tec ging voraus, die durchsichtige Wand glitt zur Seite. Im großen Saal drehten sich die Köpfe der Anwesenden zu ihnen, es wurde merklich ruhiger. Besonders Mun, die weiße Arbeiterin aus der Dunkelwelt, sorgte für Aufsehen und Interesse. Zuerst aber berichtete Tec. Er gab sich Mühe sein Wissen nüchtern und leidenschaftslos vorzutragen. Als Mun später das Wort ergriff, waren ihre Reden doch wesentlich mehr von Emotionen getragen. Sie verstand es aber, die Zuhörer mitzureißen und vielleicht sogar zu überzeugen. Auch andere der Gäste kamen zu Wort, sie erzählten aus ihrem Leben, von den Erfolgen, Ideen, Gedanken, aber auch von der grausamen Macht ihrer Soldaten. Vor allem aber baten sie um Hilfe. Nachdem alles vorgebracht worden war, fand sich eine spontane Mehrheit, die sofort und bedingungslos helfen wollte. Doch so einfach ging das nicht – eine Abstimmung mit mehreren Wissenschaftsgremien wurde unumgänglich. Die Tragweite der Angelegenheit erforderte Arbeitsgruppen zu schaffen, die sich mit der speziellen Problematik zu befassen hatten.

Der Gruppe um Sim, der abgesandten der Königin der Formicinus gehörte Tec, Uro, die Gesellschaftswissenschaftlerin und Mun als Vertreter der Dunkelwelt an.

Uro war eine resolute Ameise, sie lehnte jede Gewalt, egal in welcher Form, strikt ab. Tec regte diese voreingenommene Ausschließlichkeit auf, er sagte dazu: »Ich habe selbst erlebt, wie diese Soldaten sich dort verhalten, sie sind aggressiv und hinterhältig! Mich hätten sie fast getötet!«

»Aber Tec, sicher hast du dich über die dort herrschenden Verhaltensnormen hinweggesetzt und sie damit verärgert!«

»Nein, Uro«, griff nun Mun ein. »So einfach kann man das was bei uns vorgeht nicht abtun. Es handelt sich um ein lebensverachtendes Sklavenhaltersystem, das gnadenlos alles vernichtet, was sich ihnen nicht unterwirft. Obwohl ich auch Sklavin war, hatte ich es wegen meiner besonderen Fähigkeiten noch verhältnismäßig gut.

Immer, wenn ich nach getaner Arbeit Zeit hatte, suchte ich den Kontakt zu anderen, besonders zu jenen, welche die schwere körperliche Arbeit verrichten mussten. Ich sah ihren Hunger, ihren Kräfteverfall. Ich konnte zusehen wie sie nach Wochen oder Monaten durch Entkräftung starben, oder gar getötet wurden, und das nur weil sie ihre Arbeit nicht mehr pflichtgemäß erledigen konnten.

Oft habe ich bei meinen Vorgesetzten Beschwerde geführt, oft genug bin ich dafür bestraft worden. Trotzdem verteilte ich Nahrung. Später allerdings ging man für eine Bestrafung für mich ganz ab, man verlegte die Schwerarbeitenden räumlich weit weg von uns Handwerkerinnen. Schließlich kamen wir überhaupt nicht mehr mit ihnen in Berührung. Das ist ein Grund für mich, nicht deiner Meinung zu sein, Uro ... Mit Diskussionen oder Halbherzigkeiten kann man bei diesen Verbrechern nichts ausrichten, dort hilft wirklich nur rücksichtslose Gewaltanwendung! Nur diese Sprache verstehen sie!«

»Das sind harte Worte, Mun. – Was meint For dazu?«

»Ja, ich bin absolut der Meinung von Mun! Aber auch sie kennt nicht die ganze Wahrheit! Tatsächlich sind die Zustände noch weitaus schlimmer. Ich habe Hunderte von Feldzügen mitgemacht, auch ich musste morden und Brandschatzen. Die Goldenen standen als Befehlshaber immer dabei. Diejenigen von uns die nicht gnadenlos gegen die Verlierer vorgingen, wurden vor allen, sofort standrechtlich hingerichtet, zu Hunderten rollten ihre Köpfe. Nur wenn wir uns besonders durch Grausamkeit hervortaten konnten wir überleben und wurden noch mit Gold und Silber belohnt. Welche Wahl blieb uns denn? Keiner wollte hingerichtet werden! – In den Nordprovinzen war es verboten Waffen zu tragen, bei zuwider Handlungen mussten wir ganze Ortschaften einebenen, die Einwohner ohne Ausnahme töten. Schon allein wegen dieser inhumanen Handlungsweise sage ich euch Mro, Uro und Sim, ihr müsst einfach eingreifen, ihr seid moralisch dazu verpflichtet!«

»Ja For, darüber sind wir uns längst einig«, sagte Sim. »Es geht jetzt vielmehr um die Art und Weise!«

For sprang erregt auf, er rief laut: »Da gibt es doch nur eines, die ganze Brut der Goldenen ausrotten!« Betroffenheit!

»Doch, ich kann ihn verstehen, seinen Wunsch zu töten!« sagte Tec. »Wer jahrelang unter solch einem blutigem Regime leben muss, der möchte es ganz sicher mit gleichen Mitteln vergelten. Natürlich weiß ich, dass für uns so etwas nicht in Frage kommt. Aber glaubt mir! In dem Augenblick, als wir von diesem Dunkelplaneten starten wollten und ein Goldener eine Arbeiterin mit einem Schwertstreich buchstäblich zerteilte, hatte ich spontan das unbezähmbare Verlangen diesen Soldaten zu töten – aus Rache! Dieses Gefühl währte zwar nur einen Augenblick, aber immerhin hätte ich es in diesen Sekunden auch wirklich tun können!«

Sim und Uro waren sehr betroffen , kannten sie doch Tec als einen vernünftigen, besonnen Vertreter ihrer Rasse ...

Tec redete weiter: »Wie wir von Mun gehört haben, sind die Wissenschaftler der Goldenen dabei, Sprengstoffe zu entwickeln, das Töten wird dann für sie noch einfacher und effektiver werden. Die Zeit drängt also, vergeuden wir sie nicht!«

Minuten des Schweigens, vertretbare Gegenargumente fehlten bei diesem Sachverhalt.

Sim nickte schließlich zustimmend und auch Uro hatte die nötigen Einsichten gewonnen ... die Anhörung war damit beendet, in den nächsten Tagen würde man sich entscheiden.

Tec nutzte die Zeit um den Gästen seine Welt zu zeigen. Er hatte wieder einen dieser offenen Schweber besorgt. Die Doppelsonnen standen an einem strahlend blauen Himmel und warfen ihre eigentümlichen, doppelten Schatten. Tec erklärte den Dunkelsternameisen seine Stadt mit ihren zahlreichen Verkehrsmitteln. Er zeigte ihnen die Bahnen die unter der Oberfläche die Gebäude miteinander verbanden, sie galten als die schnellsten der Verkehrsmittel. Wer es nicht ganz so eilig hatte benutzte lieber, genau wie sie, die Schweber. Innerhalb des Stadtgebietes durften sie nur langsam fliegen, trotzdem aber vermittelten die Schweber erst so richtig die Schönheit dieser Welt.

Mun wandte sich an Tec. »Wie ist das eigentlich bei euch geregelt, wo wohnen die Soldaten und wo die Arbeiterinnen?«

Tec musste lächeln.

»Wir wohnen zusammen, in Gruppen, manchmal sind auch Fünf Arbeiterinnen und ein Soldat zusammen. Jeder in diesen Gruppen hat die selben Rechte und Pflichten!«

Mun nickte nur, wechselte das Thema und fragte weiter: »Wo sind eigentlich die Anlagen zur Wartung all dieser großen Raumschiffe?«

»So etwas machen wir nicht hier – auf diesem unseren Ursprungsplaneten gibt es nur Werkstätten für Schweber und kleine Schiffe. Größere Aufträge, besonders solche die Rauch und Staub oder giftige Abfälle verursachen, werden auf anderen, toten Himmelskörpern durchgeführt, dort wo auch die Bodenschätze abgebaut werden.«

»Das ist ja interessant«, sagte Mun. »Ob wir und das auch mal ansehen dürfen?«

»Warum nicht«, sagte Tec. »Ich werde das heute noch regeln, überlegt euch wer mitkommen möchte!«

Der Schweber hatte unterdessen die Stadt hinter sich gelassen und gewann rasch an Höhe. Die Landschaft unter ihnen veränderte sich zusehends. Immer mehr geometrische Flächen der verschiedensten Grüntöne gelangten in ihren Sichtbereich. Diese eigenwillige Landschaftsstruktur erregte ihr besonderes Interesse.

»Wir sehen dort unten auf den Feldern niemanden arbeiten, wie macht ihr das?« fragte Gel, eine der weißen Arbeiterinnen. Darauf hatte Tec schon gewartet – auch Mro tat geheimnisvoll.

»Wir werden gleich landen«, sagte sie. »Vielleicht bemerkt ihr es selbst!«

Tec flog eine Schleife und landete auf einem der abgeernteten Felder.

»Ihr könnt aussteigen«, rief er.
Mun beobachtete aufmerksam den Boden, betrachtete die frisch gepflanzten Gewächse. Auf dem Nebenfeld standen noch hohe Pflanzen in voller Blüte – dabei fielen ihr die sich langsam bewegenden Wälle aus einem matten Metall auf.

»Das sind ja Maschinen!« rief sie erstaunt.

»Ja«, sagte Tec. »Das sind unsere Arbeiterinnen. Sie sind von der Breite eines Feldes und bewegen sich sehr langsam. Sie pflügen, sähen, pflegen, ernten – alles vollautomatisch. Die nötigen Energien bekommen sie von unseren Doppelsonnen, an trüben Tagen wird die gespeicherte Energie verwendet!«

»Und wie bewässert ihr das alles?« fragte Mun.

»Im Abstand von einigen Tagen werden künstliche Wolken über diesem Gebiet erzeugt, aus denen wir dann die benötigten Mengen abregnen lassen.« erklärte Tec.

»Dann kennt ihr ja überhaupt keine Ernährungsprobleme?«

»Richtig, Mun, die kennen wir schon sehr lange nicht mehr.«

Die imposante Maschine kam näher. Mun schaute sich nach einem Fluchtweg um.

»Keine Bange!« beruhigte sie Tec und ging dabei auf die Maschine zu. Kurz bevor er sie erreichte blieb sie stehen.

»Siehst du Mun, bei uns ist alles Sicher!«

Als sie sich gründlich umgesehen hatten, viele Fragen beantwortet wurden, nahm die Gruppe wieder im Schweber Platz. Sie flogen noch einige Zeit über ähnliche Felder. In weiter Ferne glänzte das Meer, sie steuerten darauf zu.

»Schwimmt dort nicht etwas auf dem Wasser?« fragte Mun.

»Natürlich, unsere Schiffe, mit ihnen befahren wir die Meere!«

»Woher habt ihr das viele Holz, ich habe nirgendwo große Pflanzen gesehen?«

»Wir verwenden kein Holz, wir bauen unsere Schiffe aus Plastbeton, einer steinähnlichen Masse mit einem Metallgerüst im Inneren.«

»Ich sehe schon Tec, es gibt bei euch sehr vieles was wir von euch lernen sollten, später vielleicht, wenn auf meinem Planeten bessere Verhältnisse herrschen, würde ich gern einmal kommen um zu lernen.«

»Aber Mun, du kannst doch jetzt schon hier bleiben!«

»Ich möchte schon, Tec, es gibt sehr vieles von Interesse, aber ich würde mich wohl wie eine fühlen die ihre Freunde im schwersten Augenblick im Stich gelassen hätte!«

»Ja Mun, ich verstehe dich«, sagte Tec.

Der kleine Schweber hatte das Festland schon weit hinter sich gelassen und bewegte sich über einer hellblauen, leicht gekräuselten Wasserfläche – immer näher kamen sie den Wellen. Einige der Gäste schauten etwas ängstlich, zu fremd war ihnen ein so großes Wasser.

»Bitte Ruhe bewahren und keine Sorge – wir werden jetzt tauchen«, beruhigte sie Tec.

Das Schwebeunterteil wurde durchsichtig als sie die Wasseroberfläche berührten. Langsam begannen sie einzusinken. Es wurde still um sie – nur noch ein gleichmäßiges Glucksen einzelner Luftblasen war zu hören. Meter um Meter sanken sie in die Tiefe. Knapp über dem Grund ließ Tec den Schweber verharren. Sie schauten interessiert zu den eigenartigen Lebewesen, die ihnen so zahlreich begegneten.

Sen, eine Arbeiterin rief laut: »Das sind ja Fische!«

Mun schaute sie erstaunt an.

»Woher kennst du so etwas?« fragte sie.

»Ich musste für die Goldenen oft solche Tiere fangen!«

Tec folgte mit dem umgewandelten Tauchboot den abfallenden Grundrelief, es wurde zunehmend dunkler. Er schaltete die Scheinwerfer ein. Die Farbenpracht zog sie alle in ihren Bann. Bunt schillernde Fische flohen nach allen Seiten. Selbst der Grund wirkte wie ein bunter Teppich. Tec zeigte auf etwas metallenes das langsam an ihnen vorbei schwamm. Teils über, teils unter ihnen schwebten lange, walzenförmige Körper. Beim Näherkommen sahen sie wie Schwärme von Fischen in diesen Gebilden verschwanden.

»Das gehört zu unseren unterseeischen Fischfabriken – von diesen Saugkörpern werden die Fische aufgenommen und zur Verarbeitung gepumpt!« erklärte Tec.

Die Gäste waren beeindruckt von all dieser Perfektion.

»Und wer bedient alles?« fragte Mun.

»Keiner, das machen unsere Maschinen selbständig, wir geben ihnen nur einmal am Tag die errechneten Vorgaben.«

Tec steuerte den Schweber langsam der Oberfläche entgegen, ließ ihn auftauchen. Er zeigte auf den oberirdischen Teil der schwimmenden Plattform.

»Von dort werden die fertigen Produkte abgeholt!«

Tec wendete, er steuerte den Schweber wieder dem Lande entgegen. Die große rote Sonne, die inzwischen zur Hälfte hinter dem Horizont verschwunden war, verbreitete Abendstimmung, und dass, obwohl die kleinere, aber doch wesentlich hellere Komponente noch mehrere Durchmesser über dem Horizont stand.

Noch auf dem Rückflug erhielt Tec die Nachricht, dass ihre große Sitzung schon für morgen einberufen wurde. – Morgen also sollte entschieden werden, wie die Hilfe der Formicinus für die ferne Welt der weißen Ameisen aussehen sollte.

Als der Diskus der Formicinus vom Dunkelplaneten gestartet war, überstürzten sich die Ereignisse. Die weißen Arbeiterinnen gewannen schon bald die Oberhand, es gelang ihnen sogar die meisten der Eingekerkerten zu befreien. Die Sklaven flohen zu Zehntausenden in die Wüste, die Hüpfer nahmen sie fast alle mit sich. Auf dem Plateau hatte es anfangs so gut für die Aufständischen ausgesehen, doch währte dieser Eindruck nur kurz, bald schon gerieten sie in Bedrängnis. Die Soldaten des Obersten bekamen von irgendwoher, auf eine unerklärliche Weise Nachschub. Ein entsetzliches Gemetzel setzte ein.

Als die Soldaten bemerkt hatten, dass fast alle Arbeiterinnen geflohen waren stürzten sie sich mit noch verbissener Härte in den Kampf. Was hätte sie auch sonst tun können? Den Geflohenen hinterher zu setzen war ihnen durch die überall kämpfenden Gruppen ohnehin nicht möglich – es blieb nur der Kampf. Doch mit der Zeit fielen auch Soldaten zum Opfer.

Der Oberste befahl den Rückzug. Er suchte mit seiner Clique, Ker, Bek und Gal, Tausende der treu ergebenen Soldaten und verschanzte sich mit ihnen im Sicherheitstrakt der Königin. Er fürchtete sich auf einmal vor dem Zorn der Arbeiterinnen – obwohl er es niemals offen zugegeben hätte.

Der Königinnentrakt hatte nur einen Zugang und war aus diesem Grunde gut abzusichern. Alles was für einen langen Aufenthalt benötigt wurde lagerten sie in großer Eile um. Für diese Arbeit mussten die Goldenen, offenbar erstmals in ihrem Leben, selbst Hand an legen. Es zeigte sich das auch sie arbeiten konnten, wenn nötig.

Gal, einer der Vertrauten des Obersten bekam die Aufgabe, aus den noch verbliebenen Soldaten ein neues, schlagkräftiges Heer zusammen zu stellen.

Die neue Armee von Gal bestand aus Fünfzehntausend der best ausgerüsteten Kämpfer. Ihr Befehl lautete: »Alle Sklaven werden eingefangen, die Außenposten werden zurück in die Stadt geführt, jeder Widerstand ist mit allen Mitteln zu brechen!«

Die Meldung von den in Marsch gesetzten Soldaten verbreitete sich wie ein Lauffeuer. Fluchtartig verließen die Bewohner ihre Bauten, Dörfer – niemand wollte in die Greifer dieser Armee fallen.

Die Herannahenden wüteten auch mehr denn je, alles was die Bewohner in mühevoller Arbeit geschaffen hatten wurde umgerissen oder verbrannt. Nur an wenigen Stellen trafen sie auf ernsthaften Widerstand und wenn blieben sie jedes Mal Sieger. Ihre Spur markierte Tod und Verderben. Nur bei einem Ort bekamen sie Probleme, es war das Tal aus dem Mun stammte, dort wo einst der Diskus der Formicinus landete.

Wan, die Dorfälteste, hatte gleich nach dem Abflug der Formicinus einen Plan zum Abriegeln des gesamten Talkessels aufgestellt. Da das Tal von steilen schroffen Felsen umgeben war und man nur an einigen Stellen zügig vorankommen konnte, ließ sie die gefährdeten Stellen besonders bewachen. Sie ließ Steine und Geröll sammeln, um sie oberhalb der Passage zu horten. Im Bedarfsfall würden sie so immer ausreichend Wurfgeschosse zur Verfügung haben. Auch die Stopperbewaffneten wurden sorgfältig in ihr Konzept einbezogen.

Öfter gab es Alarm, doch meist grundlos. Es handelte sich fast immer um Flüchtende aus den Nachbarstaaten.

Mittlerweile beherbergte der Talkessel mehr Flüchtlinge als Einwohner. Zum Glück hatten sie genügend Lebensmittelvorräte gesammelt. Zur Bereicherung ihres Speisezettels wurden zusätzlich zahlreiche Berghöhlen zu Pilzgärten umfunktioniert.

Wochen und Monate vergingen ohne dass etwas bedeutsames geschehen wäre. Trotzdem blieben sie wachsam, dann eines Tages aber ... Alarm!!! die Soldaten rückten an. Jeder kannte seine Aufgabe, Wan hatte fast an alles gedacht.

Als die Soldaten von drei Seiten gleichzeitig stürmten, so wie es ihrer Strategie entsprach, tappten sie in die bereitgestellten Fallen.

Kurz bevor eine mehrere hundert Soldaten starke Gruppe eine der Passagen zwischen den Felsgraten erreicht hatte, überrollte sie die erste Steinlawine. Immer mehr Soldaten strömten nach, immer mehr wurden durch die herabrollenden oder geschleuderten Steine erschlagen. Wan hatte Ketten aus Arbeiterinnen bilden lassen, die von den talwärts liegenden Geröllhalden bis zu den oberen Felsgraten reichten. Die Steinewerfer wurden so ständig mit neuer Munition versorgt. Welle um Welle griffen die Soldaten an, doch immer weniger überlebten den Ansturm. Nach stundenlangen, vergeblichen Bemühen der Soldaten und ganz erheblicher Verluste unter ihnen sah sich der Heerführer, Gal, gezwungen, die Angriffe einzustellen. Für ihn war es einfach unfassbar, wie ein so kleiner Ort seinen Elitesoldaten so massiven Widerstand entgegenstellen konnte.

Die Orteinwohner jubelten ihrer Wan zu, die es zum erstem Mal geschafft hatte, sich einer so übermächtigen Feindarmee siegreich entgegen zu stellen – und ohne auch nur ein Opfer beklagen zu müssen. Dem Feinde aber fehlten Tausende ...

Natürlich war sie sich völlig im klaren, dass es so nicht weitergehen würde und trotzdem erfüllte sie ein nie gekannter Stolz auf ihre eigene Kraft. Freudig und siegesbewusst traf sie Vorbereitungen um einen neuen, möglichen Angriff abzuwehren.

Auf dem Heimatplaneten der Formicinus, viele tausend Lichtjahre entfernt, führte man noch immer harte Diskussionen und Wortgefechte. Ging es doch um einen Großeinsatz ihrer Flotte auf dem Dunkelplaneten. Die Mehrzahl der Versammelten hoffte auf eine Bestätigung. Der Vorsitzende verlas die Fragestellung und bat um die Abstimmung. Die elektronische Auswertung dauerte nur Sekunden – das Ergebnis brachte unbeschreiblichen Jubel. Sie hatten für einen massiven Einsatz von zwanzig Großkampfschiffen gestimmt. Der Starttermin wurde für eine Woche voraus festgelegt.

Tec und Ici nutzten die verbliebene Zeit, um ihren Gästen weitere Einzelheiten ihrer Welt zu zeigen.

Diesmal wollten sie mit ihrem Diskus zum dritten Planeten, ihrer Produktionswelt! Sun, Mro und zwölf ihrer Gäste würden zurück bleiben, sie interessierten sich mehr für biologische Fragen. For flog natürlich mit ihnen, auch Mun, die sich brennend für die produktive Seite interessierte.

Tec und Ici steuerten den Diskus in den planetaren Raum, unterwegs begegneten ihnen mehrere Lastschiffe. Teils überholten sie, teils kamen sie ihnen entgegen ...

Ein kleiner, zernarbter Himmelskörper tauchte auf, wurde größer und größer ...

»Der dritte Planet vor uns besitzt keine Lufthülle«, erklärte Tec, »darum werden wir uns fast nur mit dem Diskus bewegen können!«

Immer näher kam ihnen der pockennarbige Planet, bis ihnen schließlich seine Oberfläche entgegenstürzte. Über einem großen Krater bremste Tec. Der Kratergrund öffnete sich irisblendengleich. Tec ließ den Diskus im fast freien Fall absinken, die geringe Gravitation machte es möglich. Nach einigen hundert Metern erreichten sie eine sternförmige Abzweigung von Gängen mit ganz unterschiedlichen Querschnitten. Der Größte von ihnen mochte ihren Diskus um das hundertfache übertreffen. Ein mehrmaliges Pfeifen ... Tec wich aus. Aus einem der Gänge schob sich sehr langsam eines der Großkampfschiffe hervor, es füllte die Öffnung fast vollständig aus. Ein beeindruckender Anblick!

Tec steuerte den Diskus in den freiwerdenden Stollen. Kilometerweit flogen sie, als sie in eine Halle gelangten, deren Abmaße wahrhaft gigantisch anmuteten. Mehrere der Großraumer standen eben erst im Rohbau, an ihnen machten sich sechsbeinige *Wesen* zu schaffen – Roboter! Funken stieben, aus einem seitlichen Stollen schwebten Teile der verschiedensten Form und Größe.

»Innerhalb des Planeten bestehen Tausende solcher Stollen, sie verbinden die Produktionssysteme untereinander«, erklärte Tec.

»Sag mal«, fragte Mun, »wer steuert und lenkt so gewaltige Anlagen, ich habe nirgendwo Arbeiterinnen gesehen?«

»Das ist richtig, Mun, es handelt sich hier, genau wie dort im Meer, um einen sich selbst steuernden Prozess. Eines in sich geschlossenen Kreislaufes. Tief im inneren des Planeten werden die Rohstoffe und Erze gewonnen und sofort weiterverarbeitet. Produziert wird immer nur soviel wie wir brauchen. Benötigen wir von bestimmten Produkten sehr viel und dazu noch kurzfristig, kann innerhalb von Stunden die gesamte Produktion umgestellt werden. Entsprechende Variable Programme liegen immer bereit.«

»Wenn auf diesem Planeten schon seit Jahrtausenden die Bodenschätze herausgeholt werden, kommt doch sicher einmal der Tag wo alle Vorkommen erschöpft sind?« fragte For.

Tec lächelte geheimnisvoll. »Ja, der Tag wäre längst schon gekommen, wenn nicht nach strengen Regeln unsere Ressourcen eingeteilt würden. Eine jede Anlage ist so programmiert, dass alle Abfälle, besonders die von Metallen und Plasten in den Produktionsprozess zurückgeführt werden. Es gab früher einmal eine Zeit, wo unsere Vorfahren viele Materialien und Rohstoffe regelrecht vergeudet hatten – doch das ist längst überwunden. Die tatsachliche Rückführung beträgt heute an die achtundneunzig Prozent, und das ist für uns hier wirklich das Optimale. Doch trotz aller unserer Sparmaßnahmen haben wir längst nicht mehr alle Rohstoffe zur Verfügung. Wir holen sie mit Großraumschiffen von anderen Planeten.«

Der Diskus hatte inzwischen die nächste der Großhallen erreicht. Tec gab wieder die nötigen Erklärungen. »Das hier ist unsere zentrale Schmelze«, erklärte Tec. »Hier wird Metallschrott durch einen Riesenlaser geschmolzen, beziehungsweise sofort verdampft. Durch fraktionierte Destillation und andere Trennverfahren werden sie in festem, flüssigem, oder auch gasförmigen Zustand weiterverarbeitet. Nirgends entstehen dabei Energieverluste.«

Tec steuerte den Diskus in einen kleinen Gang, sie durchflogen eine Schleusenkammer und gelangten in einen relativ schmalen, aber mehr als dreimal so breiten Raum, er wirkte hell und freundlich. Durchsichtige Wände teilten ihn in verschiedene Sektionen. Mun bemerkte es sofort: »An diesen Produktionsanlagen arbeiten ja noch richtige Lebewesen, nicht nur eure Roboter!«

»Nein Mun, das hier sind keine Produktionsanlagen, es sind originalgetreue Modelle aller auf dem Planeten vorhandenen Anlagen. Von hier werden die Prozesse gesteuert und die nötigen Programme erarbeitet. Außerdem lehren wir hier die heranwachsende Generation das Produktionsgeschehen zu verstehen und geben ihnen durch die verschiedensten Simulationen das nötige Rüstzeug.

Tec lenkte den Diskus in den hinteren Teil, zu einer Nische, wo noch mehrere solcher Flugkörper standen.

»So Ameisenwesen, alle aussteigen! Jetzt wird gelaufen!« Durch einen kleinen Gang erreichten sie einen flachen, normal wirkenden Arbeitsraum. Schon von weitem drang ihnen Lärm entgegen. Mun war begeistert als sie eintrat.

»Eine richtige Schmiede, eine Kunstschmiede sogar!« rief sie ganz entzückt.

Zwei der Arbeiterinnen der Formicinus kamen ihnen entgegen gelaufen und begrüßten Tec und Ici als alte Bekannte. Tec stellte die Gruppe vor und verteilte seine Gäste im gesamten Raum. Jede schaute einer anderen Arbeiterin über die Schulter. Für die Arbeiterinnen der Dunkelsternwelt war es offenbar die interessanteste Abteilung – dort sahen sie wirklich etwas, was sie vollständig verstehen konnten.

»Sag mal Tec – ob ich hier etwas selbst arbeiten könnte?« fragte Mun. »Warum nicht«, sagte Tec und organisierte gleich das Nötige. Mun erhielt Material und einen Arbeitsplatz nach ihren Wünschen, sie begann ...

Eine quadratische Blechtafel lag vor Mun, sie machte einen Aufriss und begann. Sie legte dabei ein Tempo vor, als hätte sie schon immer an diesem Arbeitsplatz gestanden. Sie schwang Hammer und Punzen, einen Meißel um die Durchbrüche herauszuarbeiten. Als sie das Werkstück am Brenner erwärmte um anschießend mit den verschiedensten Hämmern zu schmieden und zu treiben begann, kamen von den anderen Plätzen immer mehr Zuschauer. So ein flottes und zielgerichtetes Arbeiten hatten sie noch nie zuvor gesehen. Das, was unter dem Hammer von Mun entstand, war ihnen fremd, verriet aber bald schon ihre hervorragenden, handwerklichen Fähigkeiten. Frei, ohne Schablone und Matrize entstand unter ihrem Hammer, aus der glatten Blechtafel ein geformtes, gewölbtes Etwas ... Blumen und Blätter bildeten sich unter ihren Schlägen zu einem prachtvollem Motiv – wie es zu ihrer Welt gehörte. Als sie ihre Arbeit fertiggestellt hatte – hielt sie es an die Brust von Tec. Es war einer jener Brustpanzer, wie ihn die Soldaten ihres Planeten trugen. Mun hatte ihn in weniger als einer Stunde fertiggestellt. Keine der anwesenden Kunstschmiedinnen hätte in solch kurzer Zeit ein derartig frei geschmiedetes Kunstwerk schaffen können, das bestätigten ihr alle. Gewiss, die Automaten könnten es noch schneller, aber dann wäre es eben kein einzigartiges Kunstwerk, sondern nur eine immer wiederkehrende Massenware. Ein wenig stolz verabschiedete sich Mun und verließ mit ihrer kleinen Gruppe die Stätte der Kunst Richtung Diskus.

Am nächsten Tag, im großen Sitzungssaal, hatten sich die Kommandanten der Kreuzer versammelt, um Pläne für ihr Vorgehen auf der Dunkelsternwelt zu erarbeiten. Einer der höchsten Offiziere der Formicinus würde das gesamte Unternehmen leiten. Tec und Mro wurden zu seinen unmittelbaren Beratern ernannt. Bei ihrem zukünftigen Einsatz würde Tec das Kommando über fünf der Kreuzer selber erhalten – über die er unabhängig vom Kommandierenden verfügen könnte.

Die Dunkelsternameisen nutzten die letzten Tage auf der schönen Welt der Formicinus. Sie spazierten in den herrlichen Parkanlagen, besahen sich die exotischen Tiere und Pflanzen. – Und doch waren sie nicht mehr so ganz bei der Sache. In ihren Gedanken befanden sie sich schon längst auf der Reise zurück in ihre Welt. Sie hofften ihre Angehörigen noch gesund und munter anzutreffen. Immerhin waren fast acht Monate vergangen. Was konnte in dieser Zeit nicht alles geschehen sein?

Die Stunden des Starts für die einen – für die anderen die des Abschieds von ihrer Heimat nahte. Wegen der außerordentlichen Bedeutung, die man dem Unternehmen zumaß, waren Tausende der Formicinus gekommen, vielleicht auch nur, um das Schauspiel eines gemeinsamen Starts von zwanzig der größten Kreuzer zu erleben.

Das Flugleitzentrum hatte seine Vorbereitungen abgeschlossen, jeglicher zivile Verkehr ruhte.

Ein Kreuzer nach den anderen erhob sich, ohne auch nur das geringste Geräusch zu verursachen. In über tausend Meter

Höhe verharrten die gestarteten in einer Warteposition, um die geforderte Flottenformation zu bilden. Je mehr Kreuzer starteten, um so deutlicher hob sich ihre endgültige Form hervor – sie bildeten ein mächtiges, gleichschenkliges Dreieck, dass das Licht der beiden Sonnen für Minuten verdunkelte. Höher und höher stiegen sie in das makellose Blau des Morgenhimmels. Die Zuschauenden sahen der immer kleiner werdenden Formation noch lange nach, eigentlich viel länger als nötig, es entsprach ihrer Art des Abschiednehmens.

Im Großraumer von Tec und seinen Gästen gab es wenig zu tun, war doch ihr jetziger Flug eine Kopie des ursprünglichen. Die ersten Raumsprünge verliefen ohne Zwischenfälle. Sie standen wieder im leeren Raumgebiet zwischen den Welten.

Auf dem Dunkelstern hatte die Verteidigungsstrategie der Dorfältesten, Wan, den Ort vorerst gerettet. Nach wochenlanger Belagerung, die den Soldaten Gal's überhaupt keinen Gewinn einbrachten, zog der Oberste schließlich seine Truppen zurück, er hatte auch keine andere Wahl. Bei den zahlreichen Versuchen den Ort einzunehmen entstanden unter seinen Kämpfern hohe Verluste und vor allem ohne jeden Erfolg. So etwas hatte er überhaupt noch nicht erlebt. Er schwor sich eines Tages grausame Rache zu nehmen, für diese Schmach.

Nach wochenlangen Eilmärschen gelangten sie schließlich zur Plateaustadt. Gal war überrascht wie gut sich dort wieder alles eingespielt hatte. Die Herrschenden hatten wieder Zehntausende unter ihre Gewalt gebracht. Fast alle Reparaturen waren ausgeführt. Der Aufstand der Arbeiterinnen hatte im Endeffekt nichts gebracht. Das System der Herrschaft war wieder fest wie eh und je, nur das sich die Grausamkeiten gegen die Arbeiterinnen noch verschärft hatten. Gal's Niederlage dort im Felsental erboste den Obersten sehr, nur die Tatsache das Gal einer seiner engsten Vertrauten war, verhinderten eine Bestrafung. Etwas aber, das wussten die Beiden genau – und darin waren sie sich auch durchaus einig. Dieses Tal mussten sie einfach besiegen, koste was es wolle.

Eine Woche später rief Gal noch einmal seine Vertrauten zusammen, er hatte ihnen etwas vorzuführen, etwas dass seiner Meinung nach die »große Wende« herbeiführen würde. Abseits vom Plateau, mehrere Steinwürfe weit in der Wüste, ließ er Hunderte von Sklaven größere Steinbrocken zusammentragen, um sie zu einer Art Ringwall aufzuschichten. Nach der Fertigstellung schütteten die Arbeiterinnen ein graues Pulver in die entstehende Mulde und bedeckten alles mit weiteren Steinbrocken.

Der Oberste und seine engsten Vertrauten bezogen Beobachtungsposten am Rande des Plateaus. Er befahl: »Alle Arbeiterinnen setzen sich auf die Steine, um sich auszuruhen. Zwei Fackelträger zu mir!«

Die Fackelträgerinnen kamen unterhalb des Plateaus bis an die steil aufragenden Wände und warteten. Der Oberste beugte sich über den Rand und rief in die Tiefe: »Fackeln anzünden, zum Steinwall laufen und sie oben zwischen die Steine stecken und warten!«

Nichtsahnend liefen die Beiden mit ihren brennenden Fackeln zu dem Steinhaufen, wo die anderen Arbeiterinnen lagerten. Als sie die brennenden Fackeln zwischen die Steine steckten, passierte es ... Ein fürchterlicher Krach, Rauch, Staub, Sand, Steine, wirbelten durch die Luft ... Kleine Bruchsteine schlugen auf das Plateau ...

Hervorragend , lobte der Oberste. Zu sehen war im Augenblick noch nichts. Er ging mit seinen Vertrauten zu der kleinen Steintür, die hinab in die Wüste führte, dorthin wo noch vor Minuten der Steinring mit den Arbeiterinnen war ...

Rauch und Staub verzogen sich nur ganz allmählich, doch dann bot sich ein grausiges Bild. Die Steine lagen wirr, wie von Titanenhand gespalten, wo sie vorher aufgeschichtet lagen gähnte nur ein Krater. Zwischen dem Steinschutt lagen abgetrennte, zerrissene Gliedmaßen, Teile von Köpfen, Leibern. Nicht eine der Arbeiterinnen hatte überlebt. Der Oberste schaute sich gründlich um in diesem Tohuwabohu, er trat mit seinen Füßen so manches Glied, so manchen Kopf bei Seite. Er war freudig erregt über den Erfolg seiner Untat.

»Na meine Ameisensoldaten, wie findet ihr meine neue Waffe?« fragte er, hämisch grinsend in die Runde. Gal der anscheinend doch etwas betroffen reagierte, zögerte noch einen Augenblick, doch dann besann er sich sehr schnelle eines Besseren, er rief: »Hurrah! Das ist das Richtige für unsere Feinde! Damit werden wir im Tal den Sieg erringen! – Hoch lebe unser Oberster, hoch lebe seine neue Waffe!« die übrigen Soldaten bildeten das Echo.

Der Oberste machte eine selbstherrliche, gebietende Greiferbewegung – es trat Ruhe ein.

»Ja, das ist unsere neue Waffe, dieses Pulver können wir bald schon in großen Mengen herstellen!«

Auf einen Wink hin gab ihm ein Soldat eine Kugel, aus der ein Faden heraushing. Der Oberste selbst zündete die Lunte, warf sie weit in die Wüste und ging in Deckung ... Ein Krach, Staub, als sie sich hochrappelten war auch dort ein kleiner Krater. Der Oberste hielt eine weitere Kugel hoch und sagte: »Hiermit werden wir für alle Zeiten unbesiegbar!«

Alles johlte und grölte: »Hoch lebe der oberste Wächter der Königin!«

Wochen vergingen, inzwischen war eine ganze Produktionsstätte für die neuen Waffen entstanden. Jeder Soldat sollte zumindest einen dieser Handsprengkörper bei sich tragen. Parallel dazu wurde eine weitere Ameisenarmee aufgestellt. Der Oberste und seine Vertrauten waren sich ihrer Sache völlig sicher, diesmal würden sie jeden nur möglichen Gegner vernichten.

Das Gerücht um die neue Wunderwaffe verbreitete sich wie ein Lauffeuer über die Lande, es drang auch in das bewusste Nordtal. Wan, die Dorfälteste, war sehr besorgt. Früher noch als die Soldaten bei ihr eintreffen konnten, hatte sie weitreichende Verteidigungsmaßnahmen ergriffen.

Die Flotte der Formicinus befand sich inzwischen schon in einer stationären Umlaufbahn. Tec bereitete alles für den Einsatz vor. Er würde zuerst mit seiner Stammbesatzung die neue Lage sondieren.

Ici lenkte den Diskus zum Steinplateau, überflog es mehrmals, doch sie bemerkten keine Veränderungen.

»Seht mal«, rief Mro. »Von wegen keine Veränderungen! Die haben beinahe alles ausgebessert!«

»Ja Mro, du hast recht, eigenartig, dass uns das nicht sofort aufgefallen ist«, sagte Tec. »Da können wir ja gleich landen!«

»Nein, nein, bloß nicht«, wandte Ici ein. »Wollen wir all die bösen Überraschungen noch einmal erleben?«

»Ach Ici, das war doch nur ein Spaß von mir!« beruhigte sie Tec.

»Warten wir bis zur Dunkelheit«, sagte Mro. »Vielleicht kommen dann wieder diese *Käfer*!«

»Gut«, sagte Tec, »warten wir!«

Sun schaltete die Restlichtverstärker ein und behielt den Schirm im Auge ...

»Da bewegt sich etwas in Sand!« flüsterte Mun.

Richtig, im Sand entstand der schon bekannte Trichter und gab das Tor frei. Aus der Öffnung schoben sich unmittelbar hintereinander drei Käfer. Sie steuerten in eine völlig andere Richtung als früher, nach Norden! Ici lenkte den Diskus in großer Höhe dem Käfer hinterher. Minuten später rief Sun: »Achtung, eine wichtige Meldung!« sie schaltete auf große Lautstärke.

»Hier Oberkommando Flotte für Tec! – Haben Lichtblitze nicht natürlichen Ursprungs auf der Nordhalbkugel entdeckt!«

»Hier Tec, habe verstanden, Ende!«

Mun sprang auf und stieß Tec heftig in die Seite: »Weißt du was das bedeutet? In meinem Tal setzen sie die neue Waffe schon gegen meine Leute ein!«

Nicht nur Tec bekam einen fürchterlichen Schrecken. Dort wo sie suchten fanden sie nichts, währenddessen die Soldaten im Norden schon angriffen. Es wäre ein unverzeihlicher Fehler, wenn es stimmen sollte ...

»Ja Mun, du hast wahrscheinlich recht«, sagte Tec und ließ sich über Funk die genauen Koordinaten mitteilen.

»Tec ruft Ram, Offizier vom Dienst der Einsatzgruppe Nord! Sofort mit Kreuzer Eins Position nach Plan einnehmen! Kreuzer Zwei, Drei und Vier in der Nähe warten! Scheinwerferbatterien in Bereitschaft halten! Kreuzer Fünf zum Steinplateau, jeden Verkehr mit Stoppern unterbinden! Auf weitere Anweisungen warten!«

Ici flog den Diskus mir Höchstgeschwindigkeit zum Nordtal. Kreuzer Eins stand bereits bewegungslos in einigen hundert Metern Höhe über dem noch in Dunkelheit gehülltem Tal. Zeit für weitere Informationen gab es nicht mehr, sie mussten sofort handeln!«

Die Soldaten des Obersten Gal hatten den Felsgrat erreicht und warfen ihre Sprengkörper ins Tal. Überall blitzte und krachte es.

Ici flog den Diskus in die Ladeöffnung des Kreuzers Eins, Tec eilte in den Kommandoraum. Er warf nur einen flüchtigen Blick zum Bildschirm und sah die umherliegenden Opfer des Sprengmitteleinsatzes. Er konnte und durfte nicht mehr warten. Er fasste einen Entschluss.

»Hier Tec, Befehl an Kreuzer Zwei, Drei und Vier – Scheinwerfer einschalten, Felsgrate beleuchten!«

Er selbst setzte sich hinter das Steuerpult vom Kreuzer und wartete. Das blitzartige, gemeinsame Aufflammen der Tausend Scheinwerfer tauchte den Schauplatz in gleißende Helligkeit. Augenblicklich stoppten die Detonationen – diesen Schreckeffekt hatte er eingeplant. Schnell ließ er seinen Grossraumer in das Tal absinken und bremste erst unterhalb der Felsgrate.

„Hier Tec, Befehl an die Verteidigung, Schutzfeld errichten, es muss mit den Felsen abschließen!"

Es dauerte einige Minuten bis das Feld die erforderliche Form und Stärke angenommen hatte. Zum Glück noch rechtzeitig ... Die nächste Sprengladung, welche die Soldaten ins Tal schleuderten, wurde zum Bumerang für die eigenen Kämpfer und brachte ihnen den Tod und die Zerstörungen die sie ihren Gegnern zugedacht hatten. Sicher war es nicht die Absicht der Formicinus, das hatten sich die Soldaten selbst zu zuschreiben!

Tec schaltete die Scheinwerfer seines Kreuzers ein und verbreitete damit im Tal unter sich gleißende Helligkeit. Damit ihre Freunde nicht auch zu stark geblendet wurden, änderten sie die spektrale Zusammensetzung ihres Lichtes entsprechend. Was sie sahen ernüchterte sie, überall tiefe Einschlagkrater, dazwischen arg verstümmelte Leichen und über allem eine unheimliche Stille!

Tec, Ici, Mro und Mun bestiegen den kleinen Diskus und verließen den Großraumer durch den Starttrichter. Sie flogen geradewegs zu dem beschädigten Bau der weißen Ameisen, dort wo sie schon einmal gelandet waren. Tec und Mun verließ den Diskus um die Trümmerhaufen zu untersuchen, doch nirgends regte sich etwas.

»Wan!« rief Mun immer wieder, doch keine Antwort. Den Stopper im Anschlag liefen sie zum Haupteingang des Wohnhügels. Auch innerhalb der Bauwerke überall die typische Unordnung einer Flucht ... Mun versuchte den richtigen Weg zu finden, Tec leuchtete. Nirgendwo eine brennende Fackel.

»Das ist ungewöhnlich«, sagte Mun.

Überall offene Türen, meist aus den Angeln gerissen. Nur bei Wan's Raum war sie noch ordentlich eingeklinkt – davor einige tote weiße Ameisensoldaten. Tec drückte gegen die Tür, sie schwang auf, er ließ seine Lampe durch den Raum tasten ... da lag etwas – Wan! Zusammengekrümmt einen Stopper in ihrem Greifer, den sie auf die Ankömmlinge gerichtet hielt.

»Nicht schießen, Wan! Wir sind es doch, Tec und Mun!«

Die Alte ließ die Waffe sinken und schaute stumm, aber verstehend. Sie war schrecklich zugerichtet, über und über mit kleinen Wunden bedeckt. »Ah – ihr seid es, endlich, doch zu spät!«

Tec und Mun liefen zu ihr, um sie zu stützen.

»Nein Wan, es ist noch nicht zu spät. Aber warum bist du ganz allein?«

»Ich wollte es so und habe den Befehl gegeben, in die unterirdischen Pilzgärten zu fliehen. Die Situation für unsere

Kämpfer wurde aussichtslos. Die Soldaten die uns diesmal überfielen hatte völlig neue, überlegene Waffen, sie können aus der Ferne töten. Mich hatte solch eine Waffe verletzt, aber ich wollte nur hier in der Heimat sterben!«

»Was heißt hier sterben!« sagte Tec. »Mun hol' doch bitte aus dem Diskus den kleinen Handschweber!«

Sie lief zum Diskus – Ici und Sun erwarteten sie schon.

»Warum habt ihr euch nicht über Funk gemeldet?«

»Wir hatten einfach keine Zeit und zum anderen würdet ihr den Weg doch nicht so schnell gefunden haben.«

Mun berichtete mit knappen Worten von den Geschehnissen im Bau. Ici schaltete eine Verbindung mit dem Oberkommando. »Hier Ici, ein Notfall! Benötigen dringend die Med–Zentrale!«

Vom Großraumer kam die Bestätigung fast augenblicklich, offenbar hatten sie dort mit ähnlichem schon gerechnet.

Vereint luden sie die Verletzte Dorfälteste auf den Handschweber und eilten zum Diskus. Ici startete zum Großraumer, der noch immer aus Hunderten Scheinwerfern leuchtend über dem Tal stand.

Im Kreuzer gab Tec die nötigen Anweisungen.

»Hundert Soldaten mit Greiferräumgeräten und zwei Arbeitsrobotern für einen Einsatz in den Felsen ausrüsten und unserem Diskus folgen!«

Ohne die Bestätigung abzuwarten rannte Tec zum Diskus und startete Richtung Felsengrotte. Mun war auch dabei, denn nur sie hatte die nötige Ortskenntnis.

Tec begann nach Mun's Angaben mit dem Schiffslaser die Umrisse auf den Felsen zu zeichnen. Die Rauchentwicklung war ganz erheblich. Der gesamte Felsen war von Algen und Moos bewachsen, so als wenn dort nie jemand gewirkt hätte.

Diese weißen Ameisen verstanden es offenbar hervorragend sich zu tarnen. Tec wurde gerade fertig als die ersten Lastdisken neben ihm aufsetzten. Zwei große Räumroboter in Spinnenform gingen an ihr programmiertes Werk. Die superharten Bohrköpfe fraßen sich gierig ins Gestein. Die nächsten Disken brachten, wie befohlen, tausend Soldaten mit besonderen steinbrechenden Werkzeugen. Doch auch diese Arbeit benötigte ihre Zeit. Die Eingeschlossenen hatten wirklich gute Arbeit geleistet. Noch eine Überraschung! – Tiefer im Stollen gab es eine weitere Barriere, an die Arbeitsroboter wegen ihrer Größe nicht mehr heran konnten. Da half nur noch Sprengen – doch erschien Tec die Gefahr für die Eingeschlossenen zu groß. Es blieb ihnen nur die Handarbeit.

Inzwischen hatten sie im Großraumer die Dorfälteste Wan soweit verarztet, dass sie trotz ihren hohen Alters außer Lebensgefahr war.

Zur selben Zeit trafen Meldungen ein, die weitere Aktivitäten der gerüsteten Soldaten unterhalb des Bergkammes meldeten. Mro ahnte was es zu bedeuten hatte – sie rief Tec über Funk. »Hier Mro, die Soldaten haben etwas vor, sie untergraben großflächig unser Schutzfeld. Komm lieber schnell, falls Entscheidungen erforderlich werden!«

Tec hastete zum Diskus und startete allein. In der Zentrale wurde er von Mro schon erwartet.

»Sieh mal, Tec, wir haben die Felsen durchleuchtet – könnte das da nicht ein Tunnel sein?«

»Hm, Ja, sieht ganz so aus, aber das wird noch seine Zeit dauern eh' der fertig ist.«

»Da bin ich mir aber gar nicht so sicher, die haben das neue Sprengpulver und bestimmt auch Steinmetze mit dabei, es könnte ihre Arbeit sehr beschleunigen!« sagte Mro.

Auch Ici war besorgt, sie drängte Tec zum Handeln. Doch während sie noch über ihre Vermutungen diskutierten, wurden sie durch mehrere Detonationen unterbrochen. Und gleich danach vom Prasseln des auf den Großraumer fallenden Gesteins. Es bewies ihnen augenblicklich wie dicht Vermutung und Wirklichkeit oft beieinander liegen können.

Kurz darauf wurden auch schon die ersten Sprengladungen aus dem Tunnel geworfen, sie explodierten auf der Außenhaut des Kreuzers. Gefährlich werden konnten ihnen diese kleinen Ladungen bestimmt nicht, aber immerhin brachten sie den auf seinem Gravokissen ruhenden Kreuzer in eine leichte Pendelbewegung.

Tec trat ans Pult. »Befehl an Verteidigung! Einen Stopper auf den Tunnel justieren und leichtes Dauerfeuer! Kreuzer Zwei und Drei mit abgrenzenden Kraftfeld auf dem Felsgrat beginnend langsam ausdehnen!«

»Hier Kreuzer Fünf. Mehrere Soldaten mit Hüpfern sind unterwegs zum Plateau. Sollen wir sie gewähren lassen?«

»Immer hereinlassen«, sagte Tec. »Nur nicht mehr hinaus!«

Kreuzer Zwei hatte inzwischen sein Feld optimiert und dehnte es befehlsgemäß weiter aus. Alles was lose umher lag, Felsen, Steine, Geröll, aber auch die Soldaten wurden durch das Feld langsam, aber mit unwiderstehlicher Gewalt die Felsen hinunter geschoben, die, die überhaupt nicht weichen wollten, wurden in die Tiefe geschoben.

Die Soldaten von Gal hatten wohl nach einiger Zeit begriffen dass sie dem Kraftfeld nichts entgegenzusetzen hatten, und versuchten es nun mit allen Mitteln zu umgehen, oder zu untergraben. Teilweise musste es ihnen auch gelungen sein ... Doch damit hatte Tec schon gerechnet, er ließ mit dem Stopper das Areal überstreichen.

Was sollten sie unter diesen Umständen tun, wie zu einem baldigen Abschluss kommen? Was sie bisher erreicht hatten, war doch nur ein statischer Zustand – sobald sie ihre Felder ausschalten würden, wäre innerhalb kürzester Zeit genau alles wie vorher. Die Soldaten würden die Felsen erklimmen, um ihre Sprengkörper zu werfen, sie würden weiter plündern, zerstören und töten. Töten? Nein das wohl nicht, im Tal war keinerlei Leben mehr zu entdecken. Ein Prestigegewinn aber wäre es für die Soldaten allemal, aber gerade den wollten ihnen die Formicinus nicht schenken – die Aktionen hatten einfach zu viele Opfer gekostet.

Am Stollen, wo sie unter Ici nach den Verschanzten suchten, ging die Arbeit gut voran, der Tunnel wurde Meter für Meter freigelegt, aber von den Versteckten fanden sie keine Spur. Selbst Mun konnte das nicht verstehen. Sie nahm noch einmal eine Handlampe und ließ sich von zwei Soldaten Tec's begleiten. Sie rief ständig die Namen ihrer Freunde, die sie dort vermutete. Doch nichts, nur ihre Schritte hallten von den feuchten, kahlen Wänden ...

Tec saß am Kommandopult seines Großkampfschiffes und überlegte, doch selbst die Ideen der Anderen halfen ihm nicht weiter!«

»Wir haben die ganz schön unterschätzt«, sagte Ici.

»Durften wir denn anderes erwarten?« konstatierte Sun.

»Ich habe gedacht und erwartet, dass wir allein durch die Demonstration von Macht, einen Sieg erringen würden. Ich habe diesen Anderen einfach unterstellt, so wie wir zu denken, logische und rational, doch so sind sie nicht. Diese Ameisen hier müssen Macht oder Gewalt erst real spüren, erfahren, nur das zählt bei ihnen!« sagte Ici.

Tec nickte. »Ja, so könnte es sein – vielleicht aber auch anders. Vielleicht erkenne sie die Macht schon, sind aber zu stolz ihre Einsichten auch wirklich zu zugeben. Oder sie sind einfach so viel furchtloser als wir es uns vorstellen können.«

»Ein völlig übertriebener und unangebrachter Todesmut!« sagte Mro.

»Das ist alles gut und schön, sicher könnte man dazu noch mehrere Theorien aufstellen, doch sie werden uns nicht weiter helfen! Wir müssen wesentlich härter handeln. Diese Soldaten müssen gezwungen werden aufzugeben!« sagte Tec und schaltete sein Funkgerät ein. Er hatte einen Entschluss gefasst.

»Hier Tec, rufe Mun!«

»Hier Mun, sind aus dem Stollen zurück, haben sie nicht gefunden!«

»Habe verstanden, Mun. Sag bitte unseren Soldaten sie sollen die Stollen noch einmal absuchen, besonders nach vermauerten Nebenstollen. – Dich aber, brauche ich jetzt hier. In dreißig Minuten holen wir dich mir dem Diskus. Ende!«

Tec schaltete auf einen anderen Kanal.

»Rufe Oberkommando, Flotte!«

»Hier der Oberkommandierende für Tec, ich höre!«

»Wir müssen unbedingt eine Beratung abhalten, erbitte Zusammenkunft im Orbit!«

»Ist in Ordnung, Tec, wann wollt ihr hier sein?«

»In dreißig Minuten!«

»Kommandant einverstanden, treffen uns mit dem Führungsstab in dreißig Minuten auf Kreuzer zwanzig. Ende!«

Alle führenden Größen der Operation Dunkelstern waren versammelt. Selbstverständlich nahmen auch all die Gäste teil. Der große Beratungssaal glich eigentlich jedem anderen Versammlungsraum der Formicinus, nichts ließ erkennen das er sich auf einem Raumschiff befand. Mitten im kreisförmigen Raum saßen die Kommandanten der Kreuzer, um sie herum die Gäste des Planeten und all die Einsatzleiter und Spezialisten der Fachgebiete. Jeder von ihnen war bevollmächtigt sich an die Versammelten zu wenden. Ron, der Oberkommandierende General begann: »Freunde! Auf Wunsch von Tec, der die bisherigen Operationen auf dem Planeten geleitet hat, sind wir hier zusammen gekommen. Wir werden das bisher Erreichte als Aufzeichnung projizieren, damit sich erst einmal alle Anwesende ein reales Bild der Verhältnisse machen können. Die Aufnahmen stammen zwar alle aus der stationären Umlaufbahn, sind aber computermüßig so aufbereitet, als wären sie an den Orten des Geschehens aufgenommen worden!«

Tec gab die noch ergänzenden Erklärungen. Die Bilder Beeindruckten. Als die letzten Szenen vor ihnen abgerollt waren, hatten sie alle recht objektive Vorstellungen als Voraussetzung um die allgemeine Lage zu beurteilen.

»Werte Ameisen«, redete Tec. »Ihr habt nun alles gesehen, sicher auch meine Fehler gleich bei der Landung, die vielen der Hiesigen das Leben gekostet hat. Ich bin tief betroffen und werde mich zu gegebener Zeit dafür verantworten!«

Es entstand Unruhe im Saal, Ron griff ein: »Wie ich sehe haben viele der Anwesenden Einspruch gegen deine Selbstbeschuldigung erhob – ich persönlich übrigens auch! Alles was geschah, war nicht voraussehbar und erst recht nicht dass sie die neue Waffe schon einsetzen können. Auch wenn wir sofort die gesamte Flotte eingesetzt hätten, wäre ähnliches möglich gewesen. Wir kennen die Reaktionen der hiesigen Machtstrukturen zu wenig, es wäre auch möglich dass bei einer anderen Vorgehensweise von uns noch viel mehr Opfer zu beklagen gewesen wären! – Im Nachhinein kann man immer schlauer sein! Nein, Tec, wir sprechen dich von jedem schuldhaften Verhalten frei!«

Diese Worte fanden wohl allgemeine Anerkennung, dass trommeln der Greifer auf den Tischen bewies es. Tec nun sichtlich erleichtert sprach weiter ...

»Wir haben zur Zeit zwar alle Kampfhandlungen unterbrochen, jeglichen Nachschub für die Soldaten von Gal unterbunden, sowie den Informationsaustausch zwischen den Frontsoldaten und der Plateaustadt gestoppt – trotzdem gelang es uns nirgends die Soldaten zum Aufgeben zu bewegen. Sie stehen genau noch dort wohin wir sie abgedrängt haben und warten nur darauf wieder vorzustürmen!«

Tec schaute in die Runde – For hatte seinen Greifer erhoben, er hatte etwas zu sagen.

»Ich möchte euch allen nur raten, die Soldaten zu töten – ohne irgendwelche Rücksichten zu nehmen, denn nur diese Sprache verstehen sie. Glaubt nur nicht das ihr mit ihnen verhandeln könntet, es würde nur weitere Leben fordern, erreichen aber würdet ihr nichts!«

Allgemeine Entrüstung, wie immer bei solchen Radikalvorschlägen, obwohl die Zahl der Formicinus wuchs, die ein gewisses Verständnis für die Denkweise der weißen Ameisen hatten.

»Obwohl ich eure Abneigung gegen das Töten kenne«, sagte Mun, »bin ich doch dafür wenigstens die Anführer der Grausamkeiten mit dem Tode zu bestrafen. Natürlich nicht wahllos, sondern durch ein zu bildendes Sondergericht, das die wirklich Schuldigen rechtswirksam zum Tode verurteilt. Nur dann wird Ruhe und Frieden eintreten!«

General Ron erhob sich.

»Ja Mun, deine Argumente sind mir durchaus verständlich, besonders in der jetzigen Situation. Ja, ich kann auch For verstehen mit seiner Radikallösung. – Sicher würden damit viele Probleme mit einem Mal zu lösen sein. – Vielleicht sogar alle. Was aber würden spätere Generationen zu solch einem Gemetzel sagen, wenn wir zwar aus gutem Grund und in bester Absicht, sozusagen, Millionen und Abermillionen einfach umbringen würden, nur um eine bessere Gesellschaft zu errichten? Wir wissen doch aus zahllosen Berichten dass nicht alle Soldaten über einen Kamm zu scheren sind, nicht alle sind Schuld an den Zuständen, viele sind gewiss nur Mitläufer, einige sogar mögen guten Willens sein. Ein Teil von ihnen ist gebildet und verfügt über ein beträchtliches Wissen. Wäre dieses Wissen nicht ein für alle Mal verloren. Überlegt euch das einmal. Es muss da noch andere Möglichkeiten geben, auch wenn sie vielleicht kompliziert sein sollten! – Solange wir euch helfen, werden wir nicht zulassen, dass hier nun das große Töten beginnt! Wir glauben nicht an eine Kollektivschuld. Immer sind es Einzelne oder Gruppen die Massen aufwiegeln, aufhetzen, beeinflussen!

Über die wenigen die wirklich den Tod verdienten, wegen ihrer ganz persönlichen Grausamkeiten, die Kriegsverbrecher also, über die können wir noch beraten und sie gegebenenfalls später verurteilen. Für alle anderen werden wir eine Bestrafung im Sinne der Gesellschaft finden, so meine ich!«

Die nächste Wortmeldung kam von Mro.

»Werte Anwesende, ich habe zu dem eben gesagten einen Vorschlag zu machen, der später noch zu präzisieren wäre. Wir sollten schrittweise vorgehen. Zuerst die Entwaffnung der gesamten Streitkräfte, danach die Räumung der Plateaustadt und ihre Neubesetzung durch Arbeiterinnen und Soldaten aus dem Norden. Zum Schluss dann vielleicht die Aufteilung der Armee in kleine Gruppen, die beim Wiederaufbau helfen sollten!«

Beifall!

»Großartig, Mro!«

»Ja, auf dieser Basis werden wir handeln, das gefällt mir!« sagte der Oberkommandierende und erhob sich, sichtlich erleichtert.

»So ist es recht, solche Gedanken sind mir wesentlich lieber und sicher unserer Zivilisation angemessener!«

Es folgten noch viele Wortmeldungen, viele Vorschläge wurden unterbreitet – und doch zeigten sie steht's nur in eine der beiden möglichen Richtungen. Die überwältigende Mehrheit gab der Idee von Mro den Vorzug.

Der Grundstein war gelegt, nun hieß es in mühevoller Kleinarbeit die Details festzulegen. Nach bewährtem Muster bildeten sie wieder Arbeitsgruppen, die sich mit den einzelnen Teilgebieten zu befassen hatten.

Im Tal war noch alles unverändert. Die Infrarotsonne tauchte über die Spektralschieber gesehen, alles in das seltsam rote Licht. Am braunen Tageshimmel wieder zitronengelbe Wolken. Ins Tal aber drang nur wenig Tageslicht, weil der Kreuzer es wie mit einem Deckel abschloss.

Die Soldaten hatten es inzwischen aufgegeben, auf das Kraftfeld einzuschlagen, sie lagerten unmittelbar an seiner Grenze, wo sie es fühlen konnten und schliefen auch dort. Die Wachen die sich ständig ablösten probierten zeitweise mit ihren Schwertern ob das Feld auch wirklich noch überall existierte. Ab und zu warfen sie scheinbar gelangweilt Blicke zum Raumkreuzer, der noch immer über ihnen stand.

Die Gruppe um Tec hatte Ruhepause. Die Posten die man aufgestellt hatte, sollten den bestehenden, einigermaßen stabilen Zustand überwachen. Tec durfte nur im Notfall geweckt werden, das hatte Ron so angeordnet. In der Computerzentrale auf Kreuzer zwanzig herrschte jedoch Hochbetrieb. Tausende der verschiedensten Varianten wurden durchgerechnet, verworfen, optimiert.

Alle, außer Kreuzer zwanzig, verließen den Orbit. Noch im Schutz der Dunkelheit bezogen fünf von ihnen Position. Erst in der Morgendämmerung wurden sie von Soldaten Gal's bemerkt. Unruhe machte sich unter ihnen breit, sie schauten nun abwartend nach oben.

Pünktlich um acht Uhr Ortszeit begann die geplante Aktion der Formicinus. Neun Kreuzer formierten ihre Felder, die sie zwischen den Felsen beginnend, langsam aber stetig gegen die lagernden Soldaten vorschoben. Alles was nicht in irgendeiner Form fest mit dem Untergrund verbunden war, schoben die Felder einfach vor sich her. Durch die Form der Felder wurde sichergestellt, dass die Soldaten nur in die gewünschte Richtung gedrängt wurden. Mittlerweile hatten sie aber auch begriffen, dass sie dem Feld nicht widerstehen konnten. So erhob sich ein Teil von ihnen schon freiwillig, um nicht durch das Feld gezwungen zu werden. Auf ebenen Gelände beschleunigten die Formicinus die Feldbewegungen so, dass die Soldaten sich im Laufschritt bewegen mussten um nicht vom heraneilenden Feld umgerissen zu werden. Nach drei Stunden hatte sie es erreicht – das gesamte Heer war an den festgelegten Stellen zusammengedrängt worden. Auch untereinander hatten die einzelnen Gruppen keine Verbindung mehr. Keine der drei Gruppen konnte wissen, wie es der jeweils anderen ergangen war. Ein Kreuzer hielt jeweils Zweihundertfünfzigtausend Soldaten auf engstem Raum zusammen.
Tec bewegte sich mit Kreuzer Eins langsam über die Südgruppe der Eingekreisten. Er ließ seinen Kreuzer so weit als

möglich absinken. Vielleicht könnte er sie durch die Größe seines Schiffes beeindrucken. Er schaltete auf die Außenlautsprecher, nahm das Mikrofon und begann.

»Soldaten aus dem Süden, ihr seit zu Unrecht hier eingedrungen, deshalb haben wie euch eingeschlossen. Jeder Widerstand ist zwecklos! Legt eure Waffen ab, auch die Brustpanzer! Bildet in eurer Mitte einen freien Platz und werft dorthin eure Waffen! Ihr werdet dann an Leben bleiben, wenn ihr meine Befehle genau befolgt!«

Die Soldaten schauten nach oben, rührten sich aber nicht von der Stelle, keiner machte auch nur den Versuch etwas zu tun. Mun hatte eine Idee ... »Du weißt doch, Tec, dass unser Gehör offenbar besser entwickelt ist als dass Eure – erzeugt einen großen Krach!«

»Natürlich, Mun, eine gewaltige Kakophonie – bitte wähle die Töne selbst die dir am meisten missfallen!«

Tec schob sie zu einem Pult mit vielen Tasten und Sensoren. Er winkte eine Technikerin heran damit sie zusammen mit Mun die grässlichsten Disharmonien einstellen sollte. Dieses ausgewählte Klangspektakel strahlten sie in großer Lautstärke auf die unter ihnen stehenden Soldaten ab. Die Reaktion war verblüffend. Die Soldaten versuchten sich ihre Hörspalten zu zuhalten. Durch eine Greiferbewegung von Tec endete das Spektakel. Er nahm wieder sein Mikrofon und sagte: »Soldaten! Ich fordere euch nochmals auf eure Waffen abzulegen, sonst werden die Nächsten Töne noch schrecklicher!«

Erste Schwerter flogen scheppernd zu Boden, die meisten aber zögerten. Tec wartete noch einen Moment, dann aber sagte er zu Mun: »Jetzt noch einmal aber lauter!«

76

Obwohl der Kommandoraum gut Schallisoliert war, wurde es nun selbst im Kreuzerinneren unangenehm laut. Mun bekam einen Ohrschützer.

Die Schwerter und die Brustschilde flogen auf den Haufen. Im Raumschiff wurde gejubelt. Es war ihr erster, unblutiger Sieg, dabei hatte ihnen gerade das Entwaffnen die größten Sorgen bereitet. Der Waffenberg wuchs zusehends. Als dann Ruhe eintrat, nahm Tec wieder sein Mikrofon.

»Hört mir zu, Soldaten! Habt ihr wirklich all eure Waffen abgelegt? Wenn nicht, werdet ihr zu Schaden kommen!« Er wartete wieder eine angemessene Zeit – tatsächlich da flogen noch einige Messer, Dolche, Äxte ...

»Das wär's wohl«, sagte Tec.

Mun schüttelte ihren Kopf.

»Nein Tec, du kennst sie noch lange nicht, sie haben zu ihrer Sicherheit bestimmt noch einiges zurückgehalten.«

»Ja Mun, das kann schon sein, aber das ist nun wirklich ganz allein ihr Problem und auch die Folgen. Wir haben sie jedenfalls ausreichend gewarnt.«

Tec griff auf das Kommandopult, legte einige Sicherheitshebel herum und berührte den Sensor. – Ein Ruck erschütterte das Schiff und die eben noch am Boden gelegenen Waffen wurden nach oben gerissen, an die Versorgungsöffnung des Kreuzers.

Mun hatte am Bildschirm alles verfolgt, sie war freudig überrascht.

»Das ist ja großartig, offenbar ein Magnet?«

»Ja Mun, wir arbeiten mit Supraleitfähigen Magneten großer Stärke, damit ist so was möglich. Eigentlich dient diese Vorrichtung zur Aufnahme eisenhaltiger Mineralien und Erze, doch wo ist der Unterschied? Die Waffen werden wir genau so einschmelzen. Eure Welt bekommt ihre Metalle natürlich zurück, als Metallblöcke allerdings, getrennt in die verschiedensten Elemente.

Die Soldaten waren von dieser Art der Entwaffnung doch sehr beeindruckt. Es gab zahlreiche Verletzte, sicher auch ein paar Tote. Es waren aber ausschließlich jene die in irgendeiner Form noch Waffen bei sich führten, die ihnen dann durch die starken Magnetfelder entrissen wurden und so die Verletzungen herbeiführten. Die entwaffneten Soldaten vermittelten nun einen sehr fremdartigen Eindruck. Ihre weißen Chitinpanzer traten nun überdeutlich hervor, sie verhüllte keine schützende Rüstung.

»Eigenartig«, sagte Mun. »Kaum sind sie ihre Waffen und Rüstungen los, schon sehen sie nicht mehr gefährlich aus, ja fast erbärmlich!«

Tec lachte.

»Ja, so ist das, Mun, was meinst du wie die sich erst selber fühlen?« Er griff das Mikrofon. »Soldaten! Wir werden jetzt abfliegen, ein anderer Kreuzer tritt an unsere Stelle. Er wird in der Mitte des Platzes mit seinem Landefuß aufsetzen, ihr werdet ohne Schwierigkeiten zu machen, einsteigen!«

»Na Mun, werden sie einsteigen?« fragte Tec.

»Das ist schwer zu sagen, jetzt wo sie unbewaffnet sind!«

Mro trat zu den beiden.

»Ich bin sicher, sie werden einsteigen!«

»Woher nimmst du diese Gewissheit?« fragte Tec.

»Dazu bin ich doch Astrobiologin«, sagte sie scherzhaft. »Nein, ganz im Ernst, Tec, ich habe die Soldaten beim Ablegen ihrer Waffen beobachtet, ich sag' dir, mit ihnen ging eine Veränderung vor sich! Mit ihren Waffen haben sie auch einen Teil ihrer übersteigerten Aggressionen abgelegt, zumindest aber an Mut verloren!«

»Nun, wir werden sehen«, sagte Tec skeptisch. Er bewegte seinen Kreuzer langsam zur Seite, so dass er das Geschehen gut im Auge behalten konnte. Den Platz nahm nun Kreuzer Zwei ein. – Ohne weitere Aufforderungen betraten die Soldaten die Wendeltreppe. Die elektronische Zählung endete bei Fünfundsechzig tausend. Mit so vielen hatte Tec gar nicht gerechnet. Kreuzer Zwei Drei und Vier folgten. Tec gab Befehl an Kreuzer Sechs, die östlich liegenden Soldaten aufzunehmen.

Die Gruppe beim Obersten Gal wollte er sich selber vornehmen, erwartete er dort die meisten Probleme. Inzwischen bildete er mit den beladenen Kreuzern die geforderte Formation für den Transport. Er flog voraus, weit aufs Meer, zu einer der recht großen unbewohnten Inselgruppen. Sie sollten für etwa Dreihundertfünfzig Tausend der ehemaligen Ameisensoldaten als Aufbewahrungsort dienen.

Auf den Inseln herrschte ein mildes, angenehmes Klima mit einer überaus üppigen Vegetation. Bei geeigneter Bewirtschaftung könnte diese Inseln durchaus eine halbe Million der Ameisenwesen ernähren, nur arbeiten würden die Soldaten selber müssen, denn Sklaven hatten sie nicht mehr.

Die Kreuzerformation von Tec näherte sich den Inseln und landete, sie ließen nur die Soldaten aussteigen und erhoben sich sofort wieder für den nächsten Transport. Bald schon glich das Plateau einem gewaltigen Versammlungsplatz. Zweihundertfünfzig Tausend warteten, Tec hatte noch etwas zu sagen. Nach dem vorläufig letzten Flug sprach Tec zu ihnen.

»Soldaten! Ihr Wart Werkzeuge einer grausamen Herrscherdynastie. Einige von euch sind von Geburt aus auch Angehörige dieser Clique, sie erwartet zu gegebener Zeit eine Verurteilung. Ihr anderen aber, die zwar auch Ausführende

gewesen seid, erwartet keine weitere Strafe, außer dieser Verbannung. Eure Zukunft ist und bleiben diese Inseln, gestaltet
sie nach euren Bedürfnissen. Ihr erhaltet von uns Werkzeuge
und Saatgut. – In der ersten Zeit werden euch sicher die
wildwachsenden Pflanzen ernähren, vielleicht auch die Fische
im Meer. Doch auf Dauer werdet ihr hart arbeiten müssen.
Wie ihr alles organisiert steht euch frei. Wir sind der Meinung, dass ihr bei fleißiger Arbeit sogar gut leben könntet und
sogar zu Überschüssen gelangen könntet. Doch einerlei – wir
werden euch ständig beobachten. Zwei Dinge aber verbieten
wir euch: Erstens – dürft ihr keinerlei Waffen herstellen,
Zweitens, dürft ihr keine Versuche unternehmen diese Inseln
zu verlassen ...«

Tec legte das Mikro zurück und lenkte den Kreuzer in den
braunen Tageshimmel Richtung Festland.

Mro hatte so ihre Zweifel.

»Ich hätte nicht geglaubt das sie es so scheinbar wider-
spruchslos hinnehmen würden, trotzdem sollten wir unser ge-
sundes Misstrauen behalten. Es war zu einfach ...« offenbar
aber sprach sie damit aus was alle dachten.

Inzwischen hatte Kreuzer Sechs die östlich liegenden Soldaten ohne nennenswerte Schwierigkeiten verladen können. Tec
gab an Kreuzer Zwei die Anweisung, die nächste Formation
zu übernehmen, er aber flog mit seinem Kreuzer über die Eingekreisten um den Obersten Gal.

Als Tec dort seine Anweisungen gegeben hatte, schepperten
nur wenige Waffen zu Boden. Gal zog sein Schwert und
brüllte: »Ich werde jeden eigenhändig töten, der seine Waffe
wegwirft!« Er rief einige Namen in die Menge, worauf etwa
hundert Soldaten, ebenfalls mit gezückten Schwertern, zu ihm
traten. Diejenigen aber, die ihre Waffen eben noch fortwarfen,

holten sie recht schnell wieder zurück. Tec und Mun versuchten es mit ihren Tönen, doch bei dieser Gruppe hatte er keinen Erfolg. Die Soldaten krümmten sich zwar vor Schmerz, doch legte keiner mehr seine Waffen ab. Ihre Angst vor Gal und seiner Strafe war offenbar größer als die Qual durch die Töne.

»Was machen wir jetzt?« fragte Mun. Vom Kampfstand rief es: »Stopper einsetzen!«

»Und wie entwaffnen wir dann Zweihundertfünfzig tausend Soldaten?« Fragte Tec herausfordernd.

Der Oberkommandierende meldete sich über Funk.

»Was ist denn bei euch los, warum geht es nicht mehr weiter?«

»Hier Tec, unsere Methode wirkt diesmal nicht!«

»Hm – Tec, wir sollten erst einmal versuchen Gal und seine hundert Getreuen zu stoppen.«

»Ja, Ron, das wäre eine Möglichkeit, wir werden es versuchen!«

Tec setzte sich ans Kampfpult und richtete den Stopper auf Gal und dann der Reihe nach auf seine engsten Vertrauten, da sie ziemlich bewegungslos dastanden, fiel es den Soldaten wohl erst gar nicht auf. Tec berührte den Sensor des Gravifeldes, nur einen Augenblick lang. Ein kurzer Impuls verzerrte die Stabilisierung, die Gestoppten taumelten, fielen um wie tot.

Unruhe in der Menge.

»Entwaffnet die Gefallenen!« befahl Tec, er sagte extra *Gefallene*, um die Wirkung zu erhöhen. Doch trotzdem rührte sich keiner. Er ließ den Stopper kreisen, gab Impulse, weitere Soldaten fielen. Er gab sich noch energischer ...

»Soldaten, das ist meine letzte Aufforderung, ihr werden sonst euren Ungehorsam bereuen! Meine Rache wird furchtbar sein! Entwaffnet sofort die Gefallenen, zum Schluss euch selbst!« Zögernd bewegten sich einige zu den Liegenden, schnallten ihnen die Brustpanzer ab und dann die Schwertgürtel ... immer mehr Waffen flogen auf den Haufen. Trotzdem aber fragte er noch einmal.

»Ist das wirklich alles?«

Spärlich flogen noch einige Gegenstände ...

Tec schaltete das Magnetfeld. Die zurückgehaltenen Waffen führten zu ganz erheblichen Verletzungen unter den Soldaten, einige hingen sogar mit ihren Rüstungen an der Unterseite des Kreuzers. Als Tec das Feld schließlich abschaltete, fielen sie Dutzende Meter tief auf den Boden ...

Das Verladen der restlichen Soldaten gelang danach problemlos, bis auf die gestoppten, hohen Offiziere. Tec weckte sie durch einen Impuls. Taumelnd standen sie auf, schauten sich um, wollten nach ihren Waffen greifen – doch sie besaßen keine mehr.

Ratlos schauten sie sich um, von der Wendeltreppe des Kreuzers winkten die Soldaten, doch sie rührten sich nicht von der Stelle.

Der Kreuzer erhob sich ohne sie. Ein kleiner Diskus übernahm das Feld und ihre Sicherheitsverwahrung. Als Tec seinen letzten Inselflug hinter sich hatte, dämmerte bereits der Abend, er meldete sich beim Oberkommando.

»Mission Inselflug beendet! Was mach die Plateaustadt?«

»Ja Tec, dort gibt es auch Probleme – doch die können bis morgen warten. Ich habe die unter meinem Kommando stehenden Kreuzer in den Orbit geholt, euch würde ich empfehlen in der Nähe der Stadt zu bleiben. Morgen früh dann möchte ich dich mit deiner Gruppe auf Kreuzer zwanzig sehen!«

Tec handelte nach den Empfehlungen des Oberkommandierenden. Kreuzer Fünf ließ er weiterhin über dem Plateau, um jeden nur denkbaren Kontakt unterbinden zu können.

Am nächsten Morgen besuchten Zweiundzwanzig Ameisenwesen der Dunkelsternwelt den Kreuzer zwanzig. Ron hatte sie geladen und dazu sämtliche Kommandanten der Kreuzer. Bei solch einem Aufgebot würde es bestimmt etwas besonderes geben. Tec bemerkte zwei neue Gesichter, einen eisernen Soldaten und eine Arbeiterin. Es handelte sich um Flüchtlinge aus den Edelmetallminen der östlichen Region.

Lum, die Arbeiterin erzählte: »Ich wurde vor vielen Jahren aus der Nordprovinz geraubt und zu den Minen verschleppt. Wir mussten unter grausam harten Bedingungen sechzehn Stunden am Tag arbeiten, viele sind umgekommen, die meisten sahen nie wieder das Licht des Tages. Wir beide konnten durch einen Stolleneinbruch an die Oberfläche gelangen und so unbemerkt fliehen. Zum Glück haben uns eure Soldaten aufgespürt und hierher gebracht.«

Der Eiserne Soldat stellte sich vor.

»Ich heiße Ger und gehöre zur Wachgruppe in diesem Bergwerk. Wir wurden ständig untereinander ausgetauscht, um keine freundschaftlichen Beziehungen knüpfen zu können. Es gibt viele solcher Bergwerke, überall geht es sehr ähnlich zu. Uns bezahlte man zwar recht gut, wenn wir die Arbeiterinnen hart und gnadenlos antrieben, von unseren Peitschen Gebrauch machten, doch diese Quälereien waren mir schon seit langem über. Lum war mir schon früher aufgefallen, sie stand des öfteren Abseits, bei den Gängen. Ich hätte es eigentlich melden müssen, ich tat es aber nicht und beobachtete sie nur. Eines Tages als wir allein waren, sprach ich sie an und fragte ganz direkt ob sie vielleicht fliehen wolle. Sie schaute mich verwirrt an, nickte dann aber bestätigend. Ich sagte ihr, dass auch ich weg wolle, das war es dann auch schon.

Den Stolleneinbruch bemerkte sie zuerst und holte mich. Um vielleicht noch anderen Bescheid zu geben, blieb keine Zeit mehr. Wenn, dann mussten wir diese einmalige Gelegenheit sofort nutzen.

Tec wandte sich an die Beiden.

»Wenn es dort bei euch, wie ihr sagt, so grausam zugeht, warum hat es dann nie Aufstände oder Fluchtversuche gegeben?«

»Hat es doch«, sagte Ger. »Doch niemals erfolgreich. Die Beteiligten wurden sofort getötet.«

»Wie geschah das?« fragte Tec.

»Einfach so, der Kommandierende befahl hinter den Fliehenden her zu laufen, hatten wir sie, bestimmte er ihren Tod!«

Ron schüttelte entrüstete mit dem Kopf.

»Haben sich die Beschuldigten nicht verantworten können?«

»Nein«, sagte Ger. »Sie wurden nicht einmal befragt!«

»Diese Verbrecher!« rief Mun erregt.

Tec beruhigte sie.

»Ja Mun, wir sind auch deiner Meinung! Aber Fluchen und Schimpfen nutzt keinem!«

»Wenn es wirklich so schlimm ist, müssen wir kurzfristig eingreifen, dieses Unrecht müssen wir ein für alle Mal beenden!«

»Das ist alles richtig, Mro«, sagte Tec. »Aber wir müssen wirklich sehr überlegt vorgehen. Wir sind zu wenige, wir können nicht einfach losschlagen, wir würden nur Tod und Verderben sähen und unsere eigenen Soldaten opfern.«

An der Mine von Mun bemerkte Tec jedoch, dass sie die Handlungsweise der Formicinus nicht so recht verstehen wollte – doch konnte er zur Zeit nichts daran ändern.

»Wenn es so viele unterirdische Minen gibt«, sagte For ganz spontan, »und sich dort überall ein paar hunderttausend Soldaten befinden, wir die in den Pilzgärten noch dazuzählen, sowie die zwei Millionen der Stadt – kommen wir zusammen auf über zehn Millionen! Wollt ihr die alle in die Verbannung transportieren?«

Einen Moment wusste Ron nicht was er sagen sollte, so naiv wie die Frage auch gestellt war, sosehr erschütterte sie ihn. For hatte wirklich recht, bei dieser Größenordnung würden sie wirklich ernsthafte Probleme bekommen. Zwanzig Kreuzer für ein solches Unternehmen würden einfach zu wenig sein, sie würden sicher die dreifache Menge benötigen. Im Augenblick aber stand er dieser Frage recht hilflos gegenüber. Gemurmel entstand im Saal, besonders unter den Zwanzig Gastameisen.

»Was gibt es dort?« fragte Ron.

Eine Arbeiterin der Gäste antwortete stellvertretend.

»Es tut uns sehr leid, doch wir wussten alle nicht, dass unsere Völker so zahlreich sind und dass es im Süden soviel Soldaten gibt. Und wir hatten törichterweise einmal geglaubt aus eigener Kraft einen Umsturz zu erreichen. – Wie wir jetzt sehen müssen, wären diese Versuche einfach lächerlich gewesen!«

Mun stimmte ihnen ohne Einschränkung zu.

»Auch ich wusste nicht, mit wie viel Soldaten wir es hier zu tun haben werden, ich bin von diesen Mengen genau so überrascht wie ihr!«

Immer erregter wurden die Diskussionen geführt, es entstand regelrechter Lärm. Ron hielt es für nötig einzuschreiten.

»Bitte um Ruhe, so hat es doch keinen Zweck! Ich möchte die Frage erst an meine Kommandanten richten. – Sollen wir Verstärkung aus der Heimat holen, oder sollen wir mit denen uns hier zur Verfügung stehenden Mitteln weiter machen?«

Es wurde abgestimmt.

Die Stimmenauszählung ergab fünfzig Prozent dafür und dagegen.

»Damit kann ich nichts anfangen«, sagte Ron. »Es müsste schon eine Zweidrittel Mehrheit sein!«

Tec meldete sich.

»Ich schlage vor, Pläne mit ganz konkreten Inhalten zu erarbeiten und erst dann wieder abzustimmen. Ich habe da so eine Idee.«

»Dann sprich darüber, Tec!«

»Nein, Ron noch nicht, mir fehlen noch Fakten, wenn du erlaubst, will ich erst in meiner Gruppe das Thema diskutieren!«

Ron gab seine Zustimmung.

In Tec's Gruppe wurde das weitere Vorgehen besprochen. Sollten sie nun erst die Stadt räumen oder zuerst die Minensklaven befreien? Mun schlug vor, als erstes die Minen zu befreien.

»Nun, dann sag uns bitte gleich wohin mit den befreiten Arbeiterinnen und wohin mit den Soldaten! Zusammen können wir sie hinterher wohl kaum lassen!«

»Das ist richtig, Tec, wir locken oder treiben sie heraus, entwaffnen die Soldaten wie gehabt und transportieren sie zu den Inseln. – Wo Zweihundertfünfzigtausend ernährt werden, reicht es auch für Dreihunderttausend! Die Arbeiterinnen könnten wir zu meinem Tal bringen, wir haben dort noch ausreichend Vorräte!«

»Soweit, so gut«, sagte Tec. »Doch womit locken wir die Soldaten aus den Minen?«

»Auch dazu habe ich meine Gedanken«, sagte Mro. »Wir haben doch For und Ger, sie sind doch beide, hiesige Soldaten und mit den Umgangsformen bestens vertraut. Wenn wir sie in goldene Rüstungen stecken und ihnen Schwerter geben, sehen sie doch völlig echt aus, Oder?«

»Ich verstehe«, sagte Tec. »Die Beiden schicken wir mit einer wichtigen Nachricht ins Bergwerk, einer Nachricht, die sie zwingen wird, ans Tageslicht zu kommen!«

»Ja Tec, so ähnlich denke ich mir das!«

For erklärte sich sofort bereit, Ger wiegte mit dem Kopf, er meinte dass es zu gefährlich sei.

»Keine Bange, Ger«, sagte Tec. »Wir werden euch mit gut getarnten Stoppern bewaffnen und jeden eurer Schritte verfolgen!«

»Wir müssten trotzdem einen plausibleren Grund vorschieben«, sagte Ger. »Man wird uns sonst misstrauen!«

Das war nun wieder etwas für Mun.

»Ich verstehe«, sagte sie. Natürlich, ihr bringt die Nachricht vom Tode des obersten Wächters der Königin! Der neu ernannte Oberst möchte seine Untertanen persönlich sehen, auch die Sklaven! Zu diesem Zweck sollen sie ganz in der Frühe, in acht Tagen außerhalb des Minengeländes antreten.«

»Die Sache aber hat einen Haken!« sagte Tec. »Zu Fuß dürfen unsere Abgesandten aber nicht kommen, das wäre verdächtig, der Glaubwürdigkeit halber müssten wir ihre Käfer benutzen.«

»Aber Tec, weißt du was das bedeutet?« fragte Mro.

»Ja Mro, ich weiß, wir müssen erst die Stadt einnehmen um an die Käfer zu kommen.«

Ici und Sun, die sich an der allgemeinen Diskussion nur wenig beteiligt hatten, saßen noch immer abseits und unterhielten sich sehr angeregt.

»Was ist mit euch?« fragte Tec. »Sprecht ihr nicht mehr mit uns?«

»Doch, doch«, erwiderte Ici. »Lass uns bitte noch etwas Zeit!« Tec nickte schmunzelnd.

Mun meinte: »Wenn wir zuerst die Stadt einnehmen, bedeutet das etwas zwei Millionen Ameisenwesen wegzufliegen. Aber wohin?«

»Im Freien Lagern! Drei Kreuzer mit ihren Feldern müssten ausreichen um sie zu schützen!« sagte Tec.

»Gut und schön – und die Ernährung?« erwiderte Mun.

»Auch das könnten wir einrichten, Mun du kennst noch lange nicht all unsere Möglichkeiten! Einer unserer Kreuzer kann zur Nahrungsmittelreplikration eingerichtete werden, das würde kaum drei Tage dauern!«

Mun schaute etwas ungläubig zu Tec.

»Doch«, sagte er, du kannst es glauben. »Wir verfügen über Anlagen um aus anorganischen Materialien organische Molekülketten aufzubauen, entsprechend aromatisiert können wir daraus vollwertige Nahrung synthetisieren!«

»Auch für fünf oder zehn Millionen Ameisenwesen?«

»Ja, auch noch für mehr!«

»Sag mal Tec, dann könntet ihr ja alle unsere Ernährungsprobleme mir einem Schlage lösen!« sagte sie verblüfft.

»Ja Mun, das könnten wir ganz bestimmt – doch damit wäre euch sicher wenig geholfen. Ihr wäret auf lange Zeit von uns abhängig. Nein Mun, so verstehen wir Hilfe nicht. Wir müssen für euch eine Technologie entwickeln, die ihr selbst beherrschen lernt – und vor allem auch übersehen, notfalls auch reparieren. Glaub mir Mun, wir haben da unsere Erfahrungen.

Vielen der noch wenig entwickelten Rassen im Kosmos haben wir schon auf den Weg geholfen – und immer wieder mussten wir die Erfahrung machen, das es wenig nutzt jenen hochmoderne Geräte zu überlassen, die sie nicht verstehen ...

Inzwischen hatten Sun und Ici ihren Dialog beendet. Ici meldete sich auch gleich zu Wort. »Wir haben einen Plan, Freunde!« es folgten Aufzählungen, vergleiche Schätzungen. Für den nächsten Tag wurde in diesem Zusammenhang eine weitere Sitzung einberufen.

Ron, der Oberkommandierende eröffnete, wie immer, er gab nach der üblichen Zeremonie das Wort an Ici und Sun. Ici begann: »Werte Anwesende, wir haben eine Möglichkeit gefunden und auch berechnet, die es uns ermöglicht mit unserer Flotte in der jetzigen Stärke alle erforderlichen Operationen durchzuführen!«

Der Vorschlag erregte das allgemeine Interesse. Die nachfolgenden Abstimmungen brachten dann tatsächlich den gewünschten Erfolg, neunzig Prozent stimmten zu, der Plan war wirklich gut.

Am nächsten Morgen schon, begann der großangelegte Einsatz der Flotte. Neunzehn Kreuzer der Formicinus hatten sich zu einer eindrucksvollen Formation zusammen geschlossen und schwebten über der Plateaustadt. Nach einem genauen Zeitplan wurden die Schiffsstopper mit Maximalenergie gespeist. Rasterförmig überstrichen die Strahlen das Plateau – immer und immer wieder. Selbst außerhalb der Stadt wurde der Wüstensand in weitem Bogen bestrahlt. Mun hatte von geheimen Gängen und Kavernen unter der Wüste erzählt – und die wollte man unbedingt mit einbeziehen.

Nach einer guten Stunde Stopperbestrahlung ließ Tec abbrechen. Mit absoluter Sicherheit konnte natürlich niemand sagen, ob auch wirklich alle gestoppt waren, aber man hoffte es. Tec hatte sich vorher von Mun genau die Stellen auf einer Karte markieren lassen, er selbst begann mit dem Schiffslaser die bezeichneten und vermessenen Steinplatten sauber aus dem Gestein zu schneiden. Wie sich zeigte verlief diese Arbeit sehr exakt. Viele, neue Öffnungen führten hinab in das Labyrinth.

Er gab den Wachhabenden die nötigen Instruktionen und traf Vorbereitungen zum Ausstieg. Mit einer Hundertschaft würde er die Aktion beginnen.

Mit Handlasern, Stoppern und mehreren, starken Scheinwerfern ausgerüstet, wies Mun ihnen den Weg. – Sie hielten ihre Waffen im Anschlag. Würden sie in eine lebensbedrohende Situation kommen, würde Tec sogar den Laser einsetzen. Das Leben von Mun musste unter allen Umständen gewahrt bleiben. Sie war schließlich die wichtigste Person um Kampf um die Befreiung des Planeten.

Schon nach den ersten Metern innerhalb des Tunnels schalteten sie ihre Scheinwerfer ein. Bald begegneten ihnen die ersten Gestoppten, sie lagen in allen nur denkbaren Stellungen, erstarrt. Ihr Scheinwerferstrahl beleuchtete immer öfter feucht glänzende Wände. Immer wieder lagen Gruppen von Gestoppten im Weg, die sie zum Teil erst beiseite räumen mussten.

Mun führte die Gruppe weiter, häufig tropfte Wasser von der Decke, oder lief die Wände herunter. Ein muffig – modriger Geruch lag in der Luft. Tec fröstelte bei dem Gedanken, dass hier intelligente Wesen hausen mussten.

90

Der Gang machte eine scharfe Rechtskurve, der Schein der Lampen traf auf vergitterte Zellen, davor zwei Fackelstümpfe, sicher schon lange erloschen. In den Zellen lagen, standen, lehnten sie wie tot. Ausgemergelte, schlaffe Körper, andere lagen unnatürlich zusammen gekrümmt zwischen Schmutz, Exkrementen. Es stank inzwischen fürchterlich. Vor den Zellen Wachsoldaten, die bei der leisesten Bewegung zu Boden fielen. Die Schiffsstopper hatten selbst hier, so tief unter der Erde, ganze Arbeit geleistet. Tec zielte mit einem kleinen Laser und zerschnitt die Gitterstäbe. Zwei seiner Soldaten packten zu. Der Weg zur ersten Zelle war frei. Mun richtete ihren Stopper auf einzelne Arbeiterinnen, ihre Körper zuckten, sie schauten hoch, sagten aber nichts, das Licht blendete sie. Auch Mun fasste zu und redete mit ihnen.

»Es ist alles vorbei, wir besiegten den Obersten und seine Herrschaft!«

Doch die Erweckten antworteten nicht, sie stützen sich an den Kerkerwänden. Mun zielte noch einige Male, sie fassten einige bei den Greifern und halfen ihnen. Mun sprach dabei weiter auf sie ein. »Ihr seit frei, geht!« Doch nach ein paar Schritten blieben sie immer wieder stehen. Tec's Soldaten mussten sie zu zweit weiterführen, so schwach und entkräftet wie sie waren. Tec war gezwungen Kreuzer Eins anzuheben und auf seinen Landefuß zu stellen, so konnten sich die jämmerlichen Gestalten in den Schatten des Kreuzers legen. Obwohl die Infrarotsonne kein Licht im üblichen Sinne ausstrahlte, so doch ganz erhebliche Wärme, die den Geschwächten wohl sehr zu schaffen machte.

Die Speiseautomaten arbeiteten auf Hochtouren, und das obwohl die Ausgehungerten nur ganz kleine Portionen zugemutet wurden. Die Versorgung zog sich hin. Kreuzer Zwei und Drei wurden im Laufe der Zeit mit dazugezogen. Hunderte ihrer Ärzte bemühten sich um die besonders schweren Fälle.

Am späten Abend, bei Eintritt der Dunkelheit, lagerten im Schutze der Kreuzer fast Achtzigtausend der Befreiten.

Mun und Tec kamen völlig erschöpft und überarbeitete erst ganz zum Schluss aus der Plateaustadt. Es hatte sich merklich abgekühlt. Tec wollte Anweisung geben, doch er sah das seine Freunde schon alles geregelt hatten. Auf seinem Weg, der ihn mitten durch die Lagernden führte, fühlte er die angenehme Wärme der Infrarotscheinwerfer an der Unterseite des Raumkreuzers. Er bestieg mit Mun die Wendeltreppe, sie legten sich gleich schlafen, er aber betrat noch den Kommandoraum.

»Guten Abend, Freunde. Wie ich sehe habt ihr recht gut ohne mich gearbeitet. Das mit der Wärme für die Geretteten war ein guter Gedanke. Wie viele Arbeiterinnen haben wir denn heute eigentlich befreit?«

»Fast Zweihunderttausend«, sagte sein Stellvertreter im Entgegenkommen.

»Donnerwetter, das sind ja wesentlich mehr als wir erwartet hatten ... Sehr gut, doch nun will ich erst einmal ausruhen, alles weitere Morgen! Stellt unbedingt Wachen auf, an allen kritischen Punkten – ich habe da so ein ungutes Gefühl bei all den Öffnungen nach unten! Morgen Früh 8 Uhr wecken!« damit verließ er den Raum.

Am Morgen in der Zentrale fühlte er eine gewisse Unruhe, sein Vertreter kam ihm entgegen. Tec fragte noch, ehe der etwas sagen konnte.

»Was ist denn hier los?«

»Ist schon vorbei, Tec!«

»Was ist vorbei? – Warum habt ihr mich nicht geweckt?« polterte er los.

»Befehl von Ron, du solltest unter gar keinen Umständen gestört werden!«

»Und wer hat dann hier alles geregelt?«

»Du wirst es nicht glauben, Ron war selbst hier!«

Tec schüttelte irritiert mit dem Kopf, er schimpfte: »Wird mir jetzt endlich jemand sagen was los war?«

»Deine Vermutung, Tec, war richtig! Fünfzig goldgerüstete Soldaten schlichen sich aus den Öffnungen, um die Befreiten zu töten. Bei zwei von ihnen ist es leider gelungen. Weitere Zwölf wurden schwer verletzt. Die Wachen schossen mit ihren Stoppern, sie konnte so schlimmeres verhüten!«

»Verbrecher!« entschlüpfte es Tec.

»Es geht noch weiter, kurz darauf überwältigten sie zwei unserer Soldaten, entrissen ihnen die Laser und schossen eine volle Ladung auf den Kreuzer zwei – doch höre selbst!«

Er führte Tec zu einem noch jungen Soldaten, der zusammengesunken etwas abseits saß. Als Tec näher trat stand er auf, zitternd schaute er zu Boden.

»Berichte!« sagte Tec in scharfem Ton.

»Ich heiße Mog und bin der stellvertretende Kommandant von Kreuzer zwei. Ich machte meinen Rundgang, stand gerade vor dem Verteidigungspult, da flammte ein Bildschirm auf und gleich danach Alarm! Der Computer meldete Treffer eines hochenergetischen Laserstrahles. Ich griff auf das Pult und programmierte die Eliminierung der Strahlungsquelle. Noch ehe ich recht begriff, hatte ich einen viel zu großen Impuls ausgelöst, der nicht nur die verursachenden Soldaten getötet hatte, sondern ein mehrere Meter großes Loch in das Steinplateau brannte!«

Tec schwieg einen Moment, er überlegte – hätte er nicht früher, als er noch so jung war, ähnlich gehandelt. Dieser junge Soldat hatte schnell und massiv auf einen wirklichen Angriff reagiert. Unter anderen Umständen hätte er vielleicht ihrer aller Leben gerettet ... Zu dem Soldaten aber sagte er: »Ein wenig über das Ziel hinausgeschossen! Schon mal was von Verhältnismäßigkeit der Mittel gehört?«

Der junge Soldat nickte: »Ja, es tut mir auch leid! Ich erwarte meine Strafe ...!«

»Strafe, wofür?« fragte Tec. »Wir werden doch einen Soldaten, der in Ausübung seines Dienstes richtig und schnell reagiert hat, aber etwas über das Ziel hinaus schoss doch nicht bestrafen! – Ich will hoffen, dass diese Geschehnisse eine Lehre für dich sein werden, Mog, und du ein nächstes Mal besser abwägen wirst!«

Mog sah ihn fragend an.

»Und die Toten, Tec?«

»Ja, die beiden Getöteten, die hatten wie wir wissen, die klare Absicht uns zu vernichten, die Brennspur des Lasers beweist es! Die haben ihr tun selber zu verantworten. Wie heißt es so schön? Wer das Schwert erhebt, der wird durch das Schwert umkommen!«

Interessiert hatten sich Gruppen von Zuhörern eingefunden, die wohl recht beeindruckt von Tec's Meinung über den Vorfall waren. Als Tec gerade *wegtreten* sagte und sich umdrehte, wurde er sich der Situation erst so richtige bewusst. Dichtgedrängt standen seine Soldaten, Ron trat dazu, reichte ihm seinen Greifer und sagte: »Gratuliere Tec, ich hatte alles mit angehört, diese Angelegenheit mit dem jungen Soldaten hätte ich nicht besser machen können. Ganz im Gegenteil, ich hatte mir schon Sorgen gemacht, wie ich ihn richtig behandeln sollte, ohne ihn zukünftiger Initiative zu berauben! Du hast wieder einmal den richtigen Weg gefunden!«

Als Tec mit seiner Gruppe später unter sich war, versuchten sie sich ein Bild der Situation zu machen. Wie war es den Goldenen nur möglich die Stopperbestrahlung so ohne Wirkung zu überstehen?

»Hat jemand dazu eine Idee?« fragte Tec.

»Da gibt es doch gar nicht so viele Möglichkeiten. Entweder haben die Goldenen einen Raum, der wesentlich tiefer liegt, oder aber sehr weit außerhalb des Plateaus, oder aber sie haben sich abgeschirmt, was aber bei ihrem Wissensstand ja wohl nicht möglich sein kann.«

»Moment, Mro«, sagte Tec. »Bei dem Wort *abgeschirmt* kommt mir eine Idee!« er wandte sich an Mun: »Sag mal, weißt du wie es im Raum der Königin aussieht?«

»Ja Tec, das weiß ich ziemlich genau, ich hatte gerade für diese Räume Schmiedearbeiten durchgeführt!«

»Ist ja wunderbar, Mun, erzähle!«

»Damals sollte der gesamte Raum mit Gold ausgeschlagen werden, doch die Vorräte reichten nicht. Ich hatte einen Einfall, bot dem Obersten an, nicht nur den Raum der Königin mit Gold auszuschlagen, sondern auch die der obersten Soldaten. Er war regelrecht begeistert davon. Ich fertigte ihm eine Probe der Wandtafel, die ich aus Eisen schmiedete, um sie nur dünn mit Gold zu plattieren. Als er mein Muster sah, war er einverstanden. Diese Reliefplatten sind oberflächlich in nichts von massivem Gold zu unterscheiden.

Ihr werdet euch vielleicht wundern, wieso ich den Obersten zur Hand ging? Es hatte einen tieferen Sinn. Durch das bessere Ausschmieden der Goldplatten gelang es mir viel Gold einzusparen. Ich ließ es meinen Landsleuten illegal zukommen und konnte so wenigstens die schlimmste Not mildern.«

»Das ist es!« rief Tec. »Diese Räume sind ideale faradeyische Käfige, sie schirmen jegliche Art von elektrischen und magnetischen Feldern ab. Unsere Stopperstrahlung besteht aus einem Gemisch von Gravitonen und elektromagnetischen Feldern, die wohl dadurch mehr oder weniger zurück gehalten werden und so bleibt die Stopperwirkung aus!«

Mun schaute sehr erstaunt, wie ihre einfachen Kenntnisse doch von Nutzen sein konnten.

»Wie groß sind die Räume?« fragte Tec. »Und wie viel Soldaten können sich darin aufhalten?«

»Bestimmt etwa Fünfzigtausend, vielleicht aber auch mehr!«

»Wieder solche unvorhergesehene Faktoren!« sagte Mro.

»Aber sie sind zu beseitigen«, meinte Tec.

»Achtung, hier Tec! Sofort fünfhundert Soldaten mit Lasern, Scheinwerfern und Betäubungsgas ausrüsten!«

Mun führte den Trupp. Als sie erst ein paar Meter vorgedrungen waren stürzte sich eine Gruppe Goldener mit erhobenen Schwertern auf sie. Doch Tec war vorbereitet. Ruhig richtete er seinen Stopper und drückte ab ... Sie mussten also noch vorsichtiger werden. An jeder Abzweigung oder Kreuzung blieben sie stehen, leuchteten um die Ecken. Als sie ohne weitere Schwierigkeiten vor den Trakt der Königin gelangten, sprangen aus einem kleinen Gang mehrere Soldaten hervor. Diesmal war Mun schneller, sie traf die Soldaten mitten in der Bewegung.

»Gas, zu mir!« befahl Tec.

»Während die Stahlflaschen vorbereitet wurden, bohrte er mit dem Handlaser ein kleines Loch in die Tür. Er schob den Schlauch hindurch, öffnete das Ventil. Von starkem Rauschen begleitet füllte das Gas so schnell den Königinnentrakt, dass es zu keiner Gegenreaktion mehr kommen konnte.

Bei dem Gas handelte es sich um schnell wirkendes Betäubungsgas, das einige Stunden Bewusstlosigkeit bewirkte, obwohl es nur kurzzeitig einzuwirken brauchte. Mit dem Sauerstoff der Luft aber zersetzte es sich dann wieder sehr schnell – so dass Tec mit seiner Gruppe den Raum schon bald betreten konnte. Er ließ das Tor aus dem Rahmen schneiden – krachend fiel es in den Raum. Dunkelheit! Auch die Leuchtgasversorgung war wohl schon längere Zeit unterbrochen. Erst als er mit dem Scheinwerfer den Raum ausleuchtete zeigte der seine ganze Pracht. Mun hatte nicht übertrieben, dieser Raum war mit purem Gold ausgeschlagen. – Zigtausend, narkotisierte Soldaten füllten das Gemach, doch von der Königin keine Spur! Mun glaubte sich zu erinnern, das es sich hierbei nur um einen Vorraum handeln könne ...

Ron leitete inzwischen die Aktion mit For und Ger. Er hatte für sie Hüpfer organisiert und sie in goldene Rüstungen gesteckt. Zur Sicherheit der beiden ließ er in großer Höhe wieder einen Diskus beobachten.

Mehrere Tage waren sie unterwegs, vom ungewohnt langem Ritt schmerzten ihnen alle Glieder ... Die Landschaft, die sie durchquerten, bestand fast nur aus Trockensteppen, mit verdorrten Pflanzen. Ger machte schon von weitem auf mehrere, große Findlinge aufmerksam.

»Dort müsste der Eingang sein!«

Ohne Schwierigkeiten gelangten sie zu den Steinen, stiegen von ihren Hüpfern und banden sie an einen kleinen, vertrockneten Stamm.

»Hallo, ist keiner hier!« rief For.

Zwei silberne Soldaten traten zwischen den Felsen hervor.

»Doch, wir sind hier, was gibt es?«

»Wir sind Abgesandte der Plateaustadt und haben wichtige Nachrichten für euren Oberen!« sagte For.

Die Beiden kamen näher und beäugten sie genau, der eine
sagte: »Bitte folgt mir!« er führte sie zwischen die Steine, wo
noch weitere, silberne Soldaten lagerten. Sie sprangen auf,
ergriffen eine schwere Metallplatte und wälzten sie zur Seite –
eine recht große Öffnung entstand, Stufen führten steil hinab.
Ein Soldat trat näher und sagte höflich, aber dennoch sehr bestimmt: »Darf ich um eure Waffen bitten!« Ger zögerte einen
Moment, gab dann jedoch sein Schwert ab. »Bitte geht voraus«, sagte der fremde Soldat. Ger versuchte sich zu erinnern,
um an den vielen Abzweigungen immer den richtigen Weg zu
wählen. Vielleicht wollte man ihn testen.

»Du kennst dich wohl hier gut aus?« fragte der Soldat.

»Ja, ich war früher schon hier, aber das ist lange her!«

Vor einem scheinbar neu gebauten Stück blieb er absichtlich, unschlüssig stehen, der Silberne zeigte den weiteren
Weg. Vor ihnen ein eisernes Tor, der Soldat klopfte, knarrend
schwang es nach innen auf, er rief in den Raum: »Ein Abgesandter aus der Stadt, mit einem Begleiter!«

Ein Goldener kam ihnen überaus freundlich entgegen.

»Endlich Nachricht aus der Stadt, wir haben uns schon Sorgen gemacht!«

Er geleitete sie in einen Nebenraum, wo acht Goldene an
einer langen Tafel saßen. Sie schauten auf, For und Ger
grüßten freundlich. Sie wurden an die Tafel gebeten und be-
wirtet, beide griffen, ausgehungert wie sie waren, tüchtig zu.
Nach dem Essen erhob sich der Obere am Ende der Tafel.

»Nun, Soldaten, was gibt es neues in der Stadt?«

»Werte Freunde«, begann For. »Ich bringe euch schlechte
Nachrichten! – Es hat eine Revolte der Arbeiterinnen gegeben, sie haben den obersten Wächter der Königin ermordet
und mit ihm viele seiner Getreuen!«

For machte ein Pause, um die Wirkung zu ergründen. Die Goldenen erhoben sich und blickten einen Augenblick in stummen Gedenken zu Boden. Als sie sich nach Minuten wieder gesetzt hatten, redete For weiter.

»Ja, so traurig wie es ist, mussten wir doch einen neuen Obersten bestimmen, er heißt Raab. Weil er noch keinen großen Überblick besitzt, möchte er alle seine Untertanen persönlich Kennenlernen. Wir haben den Auftrag euch darauf vorzubereiten! In sechs Tagen wird er zu euch kommen. Drei Käfer werden in seinem Gefolge sein. Zum Empfang sollen alle vor den Steinhügeln antreten, Sklaven und Zwangsarbeiter getrennt von euch Soldaten!«

»Wir fühlen uns geehrt und werden alles zu seiner Zufriedenheit vorbereiten!« sagte der Obere.

For erhob sich.

»Nun wird es Zeit für uns, wir müssen noch weitere Besuche abstatten!«

Der Obere gab ihnen noch einen guten Rat mit auf den Weg.

»Wenn ihr zu meinem Freund, Kum, kommt, grüßt ihn von mir. Benutzt aber nicht den alten Weg durch die Sümpfe! Reitet durch den Wald, an der Wüste entlang, vorbei an der Quelle des Flusses, dann seht ihr schon die Kalkfelsen!«

»So ein Trottel«, dachte For für sich, – »verrät uns den Weg zur nächsten Mine! – Uns kann es nur recht sein«

Ohne Zwischenfälle gelangten sie zum Ausgang, erhielten ihre Waffen zurück und bestiegen schnell ihre Hüpfer.

Als sie den Wald durchquerten, auf der freien Steppe dann eine Rast einlegten, nahmen sie Verbindung zum Diskus auf. Alle Sorgen die sie sich vorher gemacht hatten, waren gegenstandslos geworden.

Tec und Mun hatten inzwischen auch in den nächsten Raum Gas geleitet. Doch wie es sich bald schon zeigte, hätten sie sich das sparen können, der Raum lag in völliger Dunkelheit, er war auch nicht mit Gold ausgeschlagen. Die Umherliegenden waren also schon lange vorher gestoppt worden. Mun ließ ihre Scheinwerfer durch den Raum streichen.

»Dort hinten müssten die Königinnengemächer sein, ich muss mich vorhin wohl geirrt haben, gleich daneben sind die Räume mit den Brutzellen. Sag mal Tec, fällt dir nichts auf? – Wo sind all die Soldaten?«

»Tatsächlich, du hast recht, nur Arbeiterinnen, zum Teil noch mit Eiern in den Greifern.«

Tec hob seinen Stopper, doch Mun hielt ihn zurück.

»Bloß nicht Tec, erst müssen wir den Nahrungstransport sichern! Wenn die Ausschlüpfenden nicht gleich gefüttert werden, sterben sie! Man merkt dass du ein Soldat bist und mit der Brutpflege nicht vertraut!«

»Was also schlägst du vor?« fragte Tec.

»Ich meine wir lassen die Arbeiterin bei der Königin erst mal gestoppt ...«

»Ja, aber dann müssen wir den ganzen Trakt hier gasdicht abschließen, denn den Gestoppten noch zusätzlich Gas einzuflößen halte ich für recht gewagt!«

»Gut, Tec, wir wollen aber vorher alle Handwerkerinnen aufwecken!«

Tec ließ ein Plastschaumgerät herbeischaffen um den Eingang zu versiegeln. Mun übernahm die weitere Führung durch das Stollensystem in Richtung der Werkräume. Tec war überrascht von der dort herrschenden Sauberkeit. – Welch ein Gegensatz zu den Gefängnissen. – Die meisten Arbeiterinnen standen noch an ihren Werkbänken, so wie sie gearbeitet hatten, sah es aus wie in einem Wachsfigurenkabinett.

Mun führte weiter, zur Kunstschmiede, dorthin wo sie damals gearbeitet hatte. Sie handelte nun nach ihren eigenen Gedanken, Tec ließ sie gewähren. Er hielt sich nur beobachtend am Eingang auf.

Mun nahm ihren Stopper, ging auf die ersten der Arbeiterinnen zu und erweckte sie. Tec musste gut aufpassen, denn es bestand die Gefahr einige der gestoppten Soldaten unfreiwillig zu wecken.

Mun betastete und umarmte sich mit den aufgeweckten Arbeiterinnen. Als sie zwölf von ihnen geweckt hatte, winkte sie Tec. Die Erweckten beäugten Tec aufmerksam, sah er doch so wesentlich anders aus als diese einheimischen Soldaten, schon sein dunkler, fast schwarzer Chitinpanzer, die eigenartige Kombination und die unbekannten Gegenstände, die er an Stelle eines Schwertes und eines Brustpanzers mit sich trug. Tec rief einige seiner Soldaten, um noch weitere Arbeiterinnen zu wecken.

Als ihre Zahl auf fast Eintausend angewachsen war, stellte sich Mun auf eine Werkbank und rief: »Handwerkerinnen, alle mal herhören: Diese Soldaten kommen von einem anderen Stern, sie wollen uns helfen. Ihr oberster Grundsatz ist es, nicht zu töten. Sie verfügen über andere, bessere Mittel der Macht, es sind viele, sie erwarten uns auf dem Plateau! Von euch aber erwarte ich folgendes: Die meisten unserer Unterdrücker, egal ob Eiserne, Silberne oder Goldene sind durch unsere Freunde hier in Tiefschlaf versetzt worden. Entwaffnet sie! Nehmt ihre Schwerter und bringt auch ihre anderen Waffen mit nach oben!«

Unbeschreiblicher Jubel! Sie hatten begriffen, worauf es ankam. Mun führte sie weiter und immer wieder ergaben sich ähnliche Szenen. Die Zahl der befreiten Handwerkerinnen wuchs und wuchs. Auf dem Plateau türmten sich schon bald die Waffenberge, die Aktion dauerte bis in die Nachtstunden.

Am nächsten Tag, zur festgelegten Zeit, begann Tec mit den Vorbereitungen zur Ausgasung der Stadt. Ici und Mro übernahmen die technische Überwachung. Tec flog mit Kreuzer Eins in die Wüste, um mehrere, ferngesteuerte Raupenfahrzeuge abzusetzen, die dann an ausgesuchter Stelle den Sand zur Seite schoben und das Käfertor freilegten. Ein Räumroboter schnitt mit seinem Laserbrenner das Tor heraus.

In der großen Halle standen tatsächlich fünf dieser Käfer. Mun hatte inzwischen viele der Handwerkerinnen überzeugt, sich als Antriebskraft zur Verfügung zu stellen. Die noch unbesetzten Plätze füllte Tec mit Soldaten aus seinem Kreuzer. Nach kurzer Übung beherrschten sie diese Tätigkeit bestens. Die Käfer schoben sich in Reih' und Glied aus dem Tor ... Ici und Mro warteten an den Gaserzeugern auf sein Zeichen. Reizgas und Weckimpuls sollten möglichst zur festgelegten Zeit erfolgen. – Würde das Reizgas zu früh kommen, könnten zu viele die Orientierung verlieren und vielleicht nicht mehr rechtzeitig ins Freie gelangen, sie hätten dann unnötig viel Arbeit mit ihrem Abtransport.

Inzwischen war Mun mit einigen Soldaten im Labyrinth der Gänge unterwegs, um an besonders günstig erscheinenden Stellen Durchbrüche zur Wüste herzustellen. Die benötigten Öffnungen schnitten sie mit ihren Lasern. Zum Teil hatten die Wände beträchtliche Stärken, und so zog sich ihre Arbeit länger hin als erwartet.

Tec hatte vier Kreuzer über der Wüste so positioniert, dass sie die Durchbrüche gut im Auge behalten konnten.

Fünfzehn Kreuzer schwebten über dem Plateau und warteten. Zwölf Minuten nach dem Weckimpuls gab Tec das Zeichen für das Reizgas, das aus acht, dicken Schläuchen von verschiedenen Stellen in das Plateau strömte. Zur besseren Kontrolle hatte er Mikrofone in den Gängen anbringen lassen, so konnten sie gut mithören.

Es begann ...

»Was ist denn hier los? Wo sind unsere Waffen? Wer hat uns bestohlen?« hörten sie bald darauf. Ein unbeschreibliches Durcheinander entstand ...

»Wo sind eigentlich unsere Sklavinnen? – Die Handwerkerinnen sind ja auch weg! Was stinkt hier denn so? Es wird ja immer schlimmer! Das kommt von oben! Zurück, Zurück! da kommt keiner mehr durch! Was ist das für ein Rauch, er beißt in den Augen! Mir wird übel, schnell in Richtung Wüste ...«

Nach einer guten Stunde schwiegen die Mikrofone, bis etwa zur Mitte der Stadt konnte sich wohl niemand mehr aufhalten. Die Ersten taumelten, halb blind, hustend aus den Öffnungen zur Wüste. Noch hatten sie wohl nicht begriffen was eigentlich geschah. Die am meisten gelaufen waren, stießen schließlich an das unsichtbare Kraftfeld und blieben erschöpft davor liegen. Das Gas hatte inzwischen die ganze Plateaustadt ausgefüllt. Es qualmte aus sämtlichen Öffnungen ...

Die elektronischen Zähler hatten die zwei Millionen schon längst überschritten. Wieder einmal hatten sie sich ganz schön verschätzt. Nicht zwei Millionen waren in der Stadt, sondern fast Vier!

Nur gut das Ici, Sun und Tec ihren Plan hatten, denn solche Mengen von Soldaten abzutransportieren wäre zu einem fast unlösbaren Problem geworden. Nach einer weiteren Stunde kamen nur noch vereinzelte Soldaten herausgetorkelt – die

Reizgaszufuhr konnte eingestellt werden. Druckluft trat an ihre Stelle, schließlich mussten sie noch die Königin bergen und die leitenden Offizier gefangen nehmen.

Unterdessen weit in der Wüste, die Käfer hatten ein gutes Stück Weg zurückgelegt und waren in der Nähe der ersten Mine. In großer Höhe wachte der Diskus. Die drei Käfer hatte man mit überaus kräftigen Stoppern ausgerüstet. Wenn auch hier der Plan gelingen würde, könnte sie die getrennt aufgestellten Soldaten sofort in Schlaf versetzen.

Während die aus der Stadt getriebenen unter Tec's Feldern zusammen gehalten wurden, verschlossen seine Arbeiterinnen sorgfältig alle Öffnungen. Tec griff nach bewährter Methode zum Mikrofon und setzte auch wieder das Tonspektakel ein. Unter der gewaltigen Tonfülle gaben die Soldaten bald schon auf, und ihre Waffen ab.

»Alle gefangenen Soldaten herhören!« rief Tec. »Ab sofort seid ihr aller Ämter und Posten enthoben. Keiner von euch hat irgendwelche Vorrechte und Privilegien! Wenn ihr am Leben bleiben wollt, müsst ihr in Zukunft arbeiten! Eure Waffen werdet ihr nicht mehr wiederbekommen. Jeder von euch der in Zukunft noch eine Waffe besitzt, wird hingerichtet! Wir sind eure neuen Vorgesetzten, wir werden zusammen mit euren Arbeiterinnen die Befehle geben! – Ihr habt zu gehorchen! Diejenigen von euch, die sich der neuen Ordnung widersetzen oder Aufruhr stiften, werden bestraft! Jeder der einen anderen Tötet, muss sterben!

Ihr werdet arbeiten, mit unserer Hilfe ein Kanalsystem errichten, das die von euch zu Wüsten gemachten Ländereien bewässern wird.

Es werden hier Verhältnisse geschaffen, wie sie einst vor eurer Herrschaft bestanden. Ich, Tec, euer neuer Oberbefehlshaber, werde den Weg vorzeichnen, den ihr zu gehen habt!«

Unruhe verbreitete sich unter den Soldaten, sie begriffen anscheinend noch nicht ...

Tec flog langsam voraus in die Wüste, den Hinterherschauenden bot sich ein seltsames Bild. Von dem über der Wüste schwebenden Kreuzer reichte ein schwarzer Schlauch bis zum Wüstenboden. Er nahm den Sand in sich auf und saugte ihn bis hoch über den Kreuzer. Tec hatte den Gravitationswirbel stationiert und schleppte ihn hinter seinem Kreuzer her. Unter Beachtung der Windrichtung blies er den aufgewirbelten Sand bis in die höchsten Schichten der Atmosphäre. Staub am Ort entstand so gut wie überhaupt nicht. Dort wo der Wirbel gearbeitet hatte, verblieb ein tiefer Einschnitt im rötlichen Wüstensand. Dieser Einschnitt besaß aber recht unregelmäßige Kanten und Böschungen. Die Aufgabe der gefangenen Soldaten bestand nun darin, diese Böschung und auch die entstandene Sohle zu begradigen. Die Handwerkerinnen leisteten an Ort und Stelle die nötigen Vermessungsaufgaben.

Die gefangenen Soldaten begannen erst sehr zögerlich, aber bald schon fügten sie sich in ihre neue Tätigkeit.

Einige der Kreuzer blieben mit ihren Feldern über der Arbeitsstelle, denn das es so ganz ohne Widerstreben gehen könnte, daran glaubte wohl keiner. Die Disziplin der gefangenen Soldaten war einfach zu gut. Auch Tec war diese Ruhe etwas unheimlich. Mun hegte von Anbeginn ihre Zweifel. Als nach Tagen die ersten Meter Kanalbett fertig wurden, drängte Mun zu einer Machtdemonstration. Weil der Kanal sowieso befestigt werden musste, entschied sich Tec schon am nächsten Tag zu glasieren.

Die Käfer, weitab der Plateaustadt, mit For und Ger an Bord, waren unmittelbar bei den Mineneingängen angelangt. Wie abgesprochen standen die Wachmannschaften getrennt von den Arbeiterinnen und so hatten die beiden ein leichtes Werk. Die Befreiung gelang dann auch perfekt.

Jubel überall. Die Arbeiterinnen umarmten ihre Befreier. Die meisten von ihnen wünschten sich die Situation einfach umzudrehen ...

Nach eingehender Beratung ließen die Formicinus einige ihrer Soldaten mit Stoppern bewaffnen und die Arbeiterinnen mit den Hieb und Stichwaffen der ehemaligen Bewacher.

Am nächsten Tag an der Kanalbaustelle, die gefangenen Soldaten saßen noch am Mittagstisch, ließ Tec über die Lautsprecher verkünden, was er als nächstes zu tun gedenke. Er forderte alle auf, sich aus dem Arbeitsbereich zu entfernen.

»Es besteht Lebensgefahr!« setzte er demonstrativ hinzu. Tec programmierte nach der erforderlichen Zeit des Rückzuges den großen Schiffslaser und begann ...

Unter dem über der Baugrube schwebendem Kreuzer bildete sich ein grellvioletter Fächer. In seinem Bereich erhitzte sich der Sand vom dunklen Rot bis zu einem sehr hellen, schmelzflüssigen Glühen.

Die einheimischen Ameisenwesen mussten das noch weitaus intensiver erleben, waren doch ihre Augen doch wesentlich rotempfindlicher. Weißglühend begann der Sand schließlich zu schmelzen und glucksend Blasen zu schlagen. Den Zuschauern, gute 50 Meter entfernt, wurde heiß, sie wichen immer weiter zurück. Tec schaltete ab. Schon aus der Entfernung war gut zu erkennen, das eine feste glasige Oberfläche entstanden war, ein Teilabschnitt des späteren Kanalbettes.

Bei der Mine verlief auch weiterhin alles nach Plan. For hatte immer nur kleine Gruppen geweckt, die von einer übermächtigen Zahl von Arbeiterinnen in den Schacht geführt wurden. Wider erwarten verhielten sich auch dort die zwangsarbeitenden Soldaten still, ohne auch nur in geringster Form zu rebellieren. Einen Zwischenfall gab es dann allerdings doch, als For dem Oberen der Mine gegenübertrat und der in ihm denjenigen erkannte, der ihm damals die Nachricht vom Tode des Obersten überbracht hatte. Er stürzte sich auf For.

»Elender Verräter!« brüllte er.

For hatte seinen Stopper am Gürtel, nur sein Schwert im Greifer und das hieb er dem Dolchschwingenden quer über die Brust – ohne seinen Brustpanzer war dieser Schlag natürlich sofort tödlich. Betroffen schauten die dabei Stehenden, doch keiner sagte etwas dazu. Hätte For nicht spontan reagiert, wäre es sicher sein Tod gewesen.

Die Befreiung der Königin aus der Plateaustadt brachte auch einige Probleme mit sich. Sie war fast vierzehnmal so groß wie eine Arbeiterin. Um den Prozess des Eierlegens noch weiter zu verzögern, wurde sie in gestoppten Zustand transportiert. Teilweise mussten wegen ihr die Gänge erweitert werden. Mit Hilfe der Brutpflegeameisen konnte die Fomicinus die Bedingungen bald schon optimieren.

In einem der unterirdischen Pilzgärten, weitab der Stadt, hatten die Arbeiterinnen von der gebrochenen Macht der Soldaten erfahren, sie begannen sofort eine Revolte, bei der sie ein grausames Blutbad unter den Soldaten anrichteten, doch auch viele der Arbeiterinnen verloren ihre Leben. Von den ehemaligen Unterdrückern jedoch überlebte nicht einer.

Erstmals, seit undenklichen Zeiten, hatten Arbeiterinnen gegen die bewaffneten Soldaten einen Sieg errungen. Unter normalen Umständen hätten sie es sicher niemals gewagt, doch die Nachricht aus der Stadt machte sie unendlich stark und tapfer, sie siegten nur aus ihrer eigenen Kraft heraus. Dieser Sieg aber, wurde durch viele Tote erkauft, es war so ganz und gar nicht im Sinne der Formicinus. Wie aber hätten sie sonst gegen die Übermacht siegen können? Für die Arbeiterinnen gab es unter diesen Umständen nur die Frage wir oder sie ...

Die bewaffneten Arbeiterinnen fühlten sich so stark, dass sie beschlossen auch die anderen Pilzgärten zu befreien. – Auch dort töteten sie alle Soldaten, die Befreiten aber schlossen sich ihnen an. Ihr Vertrauen in die eigene Macht wuchs ins unermessliche, sie stürzten sich auf jeden Soldaten der ihnen begegnete. Sie fragten nicht, diskutierten nicht, nein, sie töteten, töteten! Nichts und niemand schien sie mehr aufhalten zu können. Pilzgarten um Pilzgarten wurde von ihnen befreit. Unterdessen war ihre Zahl auf Vierhunderttausend angewachsen. Alles ging gut, bis zu dieser geheimen Festung der Soldaten ...

Als sie den Weg zur Felsenschlucht einschlugen, wurden sie schon erwartet. Zwei Millionen scharf bewaffneter Soldaten standen ihnen unverhofft gegenüber, sie aber waren nur Vierhunderttausend!

Heldenhaft stürzten sie sich in die Schlacht. Doch lange währte ihre Zuversicht nicht. Bald folgte die Ernüchterung. Nichts verlief mehr so, wie sie es von ihren zahlreichen Siegen gewohnt waren, handelte es sich doch um eine der bestausgerüsteten Elitearmeen und dazu noch um eine fünffache Übermacht ... Ein erbarmungsloses Abschlachten begann. Zu diesem Zeitpunkt entdeckte sie der im Orbit stehende Aufklärungssatellit. Ron informierte Tec, der sofort zum Kampfherd startete. Noch wusste er nicht wer da eigentlich kämpfte –

doch würde er wie auch immer das Schlachten unterbinden. Bei der Untersuchung der Königin und ihrer Eier, stellten die Formicinus fest, dass daraus überwiegend Soldaten entstehen würden, im Grunde ein Widerspruch, sicher basierte er auf einer Fehlinformation der Königin. Das würde schnell geänderte werden müssen, doch nicht ohne vorher mit Mun und den Einheimischen zu reden, schließlich war es ihr Planet.

Beim Kanalbau gab es inzwischen recht gute Fortschritte. Die Arbeiten hatten sich eingespielt, jeder wusste was er zu tun hatte. Als Abschluss eines jeden Tages glasierte Tec die sandigen Böschungen des Kanals.

Unter den zwangsarbeitenden Soldaten bereitete sich so etwas wie Stolz über die geleistete Arbeit aus, für sie wohl ein völlig neues Gefühl. Zum ersten Mal in ihrem Leben taten sie etwas nützliches, etwas das einmal allen zu gute kommen würde.

Da Mun sich besonders häufig unter den Soldaten aufhielt, hatte sie schon bald die sich verändernden Einstellungen der Soldaten bemerkt. Anscheinend war alles was sie taten und wie sie es taten, so die beste Lösung für ihren Planeten ...

Als Tec aktiv in den Kampf eingreifen konnte, war es für die meisten der Arbeiterinnen schon zu spät. Zwar waren von den zwei Millionen Soldaten schon die Hälfte getötet, aber von den vierhunderttausend Ameisen lebten nur noch einige Hundert die sich zwar verbissen wehrten, aber nicht mehr die geringste Chance hatten. Tec ließ sofort den Stopper einsetzen und stieg unter Feldschutz selber aus. Ihm bot sich ein grausiges Bild von Tod und Verderben. Da die meisten besonders schwere Verletzungen hatten, war es ziemlich kompliziert, die noch Überlebenden heraus zu finden, es lebten wirklich nur noch etwa Fünfhundertfünfzig, für alle Anderen kam jede Hilfe zu spät.

Bei den überlebenden Feinden, den Soldaten, handelte Tec anders. Die Unverletzten trieb er mit einem Feld des Kreuzers zur Kanalbaustelle in der Wüste, die Verletzten ließ er wie alle anderen versorgen.

Als er von seiner Mission zurück war, rief Ron zu einer Versammlung im Orbit, auch die voraussichtlich neuen Repräsentanten der weißen Ameisen waren geladen. Neben Wan gab es noch weitere Stammesälteste.

Sun, Ici, Mro, Uro, Mun, Wan und Son als Älteste bildeten die Gruppe derer, die wirklich detailliert die bestehenden Verhältnisse kennen dürften.

Trotz intensiver Bemühungen der Formicinus war es in den Nordprovinzen nicht gelungen irgendwelche neue Kontakte zu anderen Völkern zu knüpfen.

Die Dorfältesten waren jedoch überzeugt, dass es noch viele Staaten geben musste.

»Als ich noch jung war«, erzählte Mun, »unternahm ich weite Wanderungen, ich traf dabei auf mehr als zehn verschiedene Staatengebilde. Einige waren ziemlich klein, aber sie konnten trotzdem völlig unabhängig existieren!«

»Das mag früher so gewesen sein«, entgegnete For, »aber wir Soldaten haben die meisten von ihnen vernichtet.«

»Nein For, so ist es nicht«, widersprach Son. »Euer Oberster hat sich das nur eingebildet, weil es ihm seine Soldaten glauben machen wollten! Die meisten der Königinnen hatten sich tief unter die Oberfläche begeben, so dass sie von euch Soldaten nicht mehr risikolos gefunden werden konnten. Sie bauten so tiefe Schächte, mit so kleinen Zugängen, dass ihr Soldaten sie nur einzeln passieren konntet, dadurch wurdet ihr für sie zu leichter Beute. Mittlerweile sprach es sich unter euch Soldaten herum. Ihr fürchtetet euch die engen Gänge zu betreten und meldeten euren Vorgesetzten stets: Alle getötet!

Wie ihr wisst wurden Soldaten, die öffentlich Angst zeigten mit dem Tode bestraft. Gibt es doch zu, For!«

For nickte nur schwach, es war ihm offenbar peinlich ... Son redete weiter.

»Einige dieser Staaten hatten sich mit der Zeit soweit organisiert, dass sie überhaupt nicht mehr an die Oberfläche brauchten!«

»Und woher nehmen sie die Luft zum atmen, wo ließen sie ihre Abfälle und wo den Rauch ihrer Feuerstelle?« fragte Mun verwundert.

»Es ist ihr Geheimnis, ihr wichtigstes! – In all den Jahrhunderten in denen die Soldaten wüteten, war es ihre einzige Möglichkeit zu überleben. Ich darf euch nicht mehr sagen, die Entscheidung müssen wir schon ihnen überlassen!«

»Weißt du das auch alles, Wan?« fragte Tec.

Sie schüttelte etwas traurig ihren Kopf.

»Nein, ich weiß nichts darüber, wir zu meiner Zeit haben uns nie soweit unter die Erde verkrochen. Durch unsere Felsen waren wir gut geschützt und in der Lage kleinere Angriffe selbst abzuwehren. – Jetzt natürlich mit ihren neuen Waffen, sähe es sicher ganz anders aus.«

Son meldete sich noch einmal zu Wort, was sie sagte war überraschend. »Da wir nun einmal so weit sind, Wan, will ich euch etwas erklären. – Eure Dorfbewohner, die ihr so gesucht habt, sind zu den Unterirdischen geflohen, ihr konntet sie darum nicht finden! Ich kenne den Weg jedoch ... Wenn ihr wollt, werde ich zu ihnen gehen und von euch berichten! Doch dürft ihr mir nicht folgen!«

Tec entschloss sich sofort, er bestieg zusammen mit Son den Diskus und flog mit ihr ins Felsental, setzte sie ab und kam sofort wieder.

Im großen Versammlungsraum beriet man unterdessen, wie mit den Verwundeten zu verfahren wäre. Sun meinte: »Bis auf ganz wenige Ausnahmen werden die meisten von ihnen genesen, die leichteren Fälle können wir beim Kanalbau eingliedern. Die Amputierten sollten wir zu den Inseln der Verbannten bringen. Sollen sich doch ihre Artgenossen um sie kümmern. Vielleicht können wir dabei noch etwas über ihr soziales Verhalten erfahren!«

Tec schloss sich diesem Gedanken sofort an, den Zeitpunkt aber würde er den Ärzten überlassen.

Zwischen den versehrten Soldaten der weißen Ameisen und dem Pflegepersonal entwickelten sich allmählich fast freundschaftliche Beziehungen. Uro hielt in der Krankenstation kleine Vorträge über sich und ihre Welt. Das größte Interessen der fremden Ameisensoldaten galt dabei noch immer der Tatsache dass es bei den Formicinus keine Kriege gab und dass grundsätzlich keine Waffen auf ihrem Planeten getragen wurden. Außerdem, dass die Soldaten mit den Arbeiterinnen zusammenlebten, es kam ihnen einfach unnatürlich vor ... Lik, einer der eisernen Soldaten, fragte geradeheraus: »Und wie führt ihr eure Eroberungen und Feldzüge?«

»Auch so etwas gibt es bei uns nicht!« sagte Uro sehr bestimmt.   »Gibt es nicht ...? – Aber Gal, unser oberster Heerführer hat uns doch immer wieder gesagt, man kann nur zu Wohlstand kommen, wenn man viele und reiche Eroberungen macht, die Feinde erschlägt, wo immer man sie trifft!«

»Ja, Lik, das ist eine der verlogenen Theorien, mit denen man euch reif für den Kampf machen will. Glaube mir, das sind alles nur Zwecklügen. Das Gegenteil ist der Fall, nur im Frieden kann ein Volk zu dauerhaften Wohlstand kommen! Niemals durch Mord und Plünderungen!

112

»Dann aber verstehe ich nicht ... was sollte ich mit einer Welt, wo Frieden ist? Die Natur hat mich doch zum Kampf geschaffen!« sagte Lik, der eiserne Soldat.

»Nein, Lik, du lässt dich täuschen. Auch im Frieden kann ein Soldat kämpfen, aber nicht gegen sondern für etwas, eine Sache, eine Idee, um die Welt besser uns schöner zu gestalten, um in Not geratenen zu helfen. – Denk mal darüber nach, es lohnt sich.«

Sel, eine der Rehabilitanten, diejenige, welche die Schlacht bei den Pilzgärten erlebt hatte, erhielt das Wort.

»Gefährten, Freunde, es tut mir leid, dass soviel Blut vergossen wurde. – Doch wussten wir nichts von euch und den Mitteln der Macht, über die ihr gebietet. Wir erfuhren nur, dass dieser verhasste Oberste nicht mehr an der Macht war. – Es war die Gelegenheit für uns loszuschlagen. Zuerst gelang wirklich alles, jeder Sieg war der unsrige. Wie konnten wir denn wissen, dass wir auf solch eine Übermacht stoßen würden. Trotz allem, in den letzten Stunden dieser tragischen Schlacht, waren wir uns einig. Wir schworen uns zu kämpfen bis zum Untergang um soviel wie möglich der verhassten Unterdrücker zu beseitigen. Keiner von uns hätte sich in Gefangenschaft begeben – wir wären lieber alle, gemeinschaftlich gestorben.

Nach den ersten Siegen war unsere Euphorie fast grenzenlos, es war ein herrliches Gefühl. Unser Glaube in die eigene Kraft stieg ins Unermessliche. Vielleicht aber war es auch schon der Anfang vom Untergang? Mehr als Dreihundertfünfzigtausend unserer Arbeiterinnen sind nun tot. Ich frage mich hier und heute ob es der Wert war?«

»Doch es lohnte sich Sel«, sagte For, »es bewies den Überlebenden, dass wir zusammen sehr stark sind und alles erreichen können!«

»So einfach ist das alles nicht For«, sagte Uro. »Die von den Obrigen aufgebauten Machtstrukturen sind nicht so ohne weiteres zu durchbrechen und schon gar nicht bei dieser Soldatenübermacht!«

Einen Augenblick lang war Schweigen – Mun ergriff das Wort.

»Eines ist absolut sicher, wenn ihr aus der fernen Sternenwelt nicht rechtzeitig gekommen wäret, um uns zu helfen, hätten wir noch Jahrtausende gebraucht, ehe die Zeit reif geworden wäre!«

Es wurde Beifall gespendet.

Tec und Ron dankten den Versammelten und baten sie weiterhin als Gäste auf ihrem Kreuzer zu bleiben ... zumindest, bis Son von ihrer Mission zurück käme. Als es soweit war, flog Tec zum vereinbarten Treffpunkt. Er wartete Stunden über die verabredete Zeit, doch Son kam nicht. Er stieg aus, nahm seinen Stopper und den kleinen Handlaser, er konnte ja schließlich auch in eine Falle geraten. Nicht das er an der Aufrichtigkeit von Son gezweifelt hätte, nein, das war es nicht.

Sich nach allen Seiten umsehend, näherte er sich, auf gute Deckung achtend, dem Felsenrand. Drang da nicht Lärm aus dem Tal? Je näher er kam, desto sicherer wurde er sich. Er zog den Stopper und den Laser gleichzeitig und näherte sich schrittweise der Stelle, von der er hoffte ins Tal schauen zu können. Nur noch eine Felszacke ... Etwas fiel von oben auf ihn ... Als er die Waffe hochreißen wollte, wurde sie ihm aus dem Greifer gerissen. Etwas schloss sich um ihn, unnachgiebig und fest. Er sah Maschen eines Netzes ... Gefangen! Ausgeliefert! – Er konnte sich kaum mehr bewegen. Doch weiter geschah nichts. Er versuchte sich zu rollen und hoffte so wenigstens einen Greifer frei zu bekommen. Es gelang schließ-

114

lich. Er tastete nach dem Netz, befühlte es. – Ein metallisches Gewebe! – Sollte es ein gutes Zeichen oder ein schlechtes sein? Wer solche Gewebe herstellen konnte war doch sicher nicht so primitiv, konnte es einfach nicht sein. Einige Schritte weiter lag sein Laser, er versuchte ihn kriechend zu erreichen. Ein heftiger Schmerz, man hatte ihn zurückgerissen. Er rollte sich auf die Seite und erschrak ... Da standen acht Ameisenwesen, solche wie er auf diesem Planeten noch nie gesehen hatte. Sie waren zwar von seiner Größe, aber nicht etwa weiß oder schwarz, nein gallertartig, fast durchsichtig ... Ihre Facettenaugen übermäßig groß, er erschauerte ... In ihren Greifern hielten sie *Waffen*? Doch keine üblichen hieb, oder Stichwaffen, nein es musste sich um irgendwelche Feuerwaffen handeln. Er verhielt sich ganz ruhig. Auch die Acht standen ohne sich zu bewegen, sie schauten ihn nur an, offenbar waren sie genau so erstaunt wie Tec. Dann aber kam Bewegung in die Gruppe, er hörte extrem schrille Töne, sie hatten wenig Ähnlichkeit mit bekannten Lauten. Seinen Translator trug er am Gürtel, wagte aber nicht danach zu fassen – die anderen konnten es missverstehen.

Einer der Acht entfernte sich in Richtung Felsengrat, trat dicht an den Abgrund und gab irgendein Zeichen – im Tal wurde es ruhiger. Als der Durchsichtige zurückkam, hielten die anderen ihre Waffen immer noch in unmissverständlicher Stellung – auf Tec gerichtet. Er betrachtete die Waffen genau – primitiv, Steinschlossgewehr, dachte er. Sollte es auf diesem Planeten noch eine weit höher entwickelte Primatengattung geben, und wenn, welche Gesellschaftsform mögen sie haben? Einer der Acht sah den Laser am Boden liegen, bückte sich, schaute sich das Gerät an und drehte es interessiert hin und her, bis er es schließlich auf Tec richtete. Tec hatte auf einmal entsetzliche Angst aus versehen zu sterben ... Er pfiff, bei ihnen Ausdruck höchster Gefahr. – Der Andere schien zu verstehen. Er richtete das für ihn unbekannte Gerät weg von Tec, Richtung Felsen und drückte ab ...

Ein greller Blitz, Funken sprühten aus dem Stein, schmelzflüssige Glut! Erschreckt näherte sich der Schütze vorsichtig dem Stein, von dem es noch dampfte. Er besah sich das herausgeschmolzene Loch, sie alle schauten hin. Unschlüssig ließen einige von Ihnen ihre Waffen sinken, sie schienen aufgeregt zu diskutieren ...

Hastige Schritte näherten sich ... Die Dorfbewohner, bis vor kurzem noch verschollen ... Einen Augenblick blieben sie stehen, unschlüssig schauten sie zu Tec, auf das geschmolzene Gestein und wieder auf ihn. Sie redeten auf die Durchsichtigen in einer fremden Sprache ein – die zögerten immer noch. Doch dann hängten die sich ihre Waffen über und traten näher zu Tec ... Mit geübten Griff öffnete einer das Netz, zwei weitere traten hinzu und halfen ihm auf die Füße, ein Vierter gab ihm seinen Laser zurück. Eine der Dorfbewohnerinnen griff in einen Behälter, den sie auf dem Rücken trug und holte einen Stopper hervor ... Die Durchsichtigen verglichen die Waffen, beruhigten sich sichtlich. Tec griff noch immer vorsichtig, langsam nach seinem Übersetzer.

»Endlich Freunde, ich bin Tec, ich war damals vor einem Jahr in eurem Tal und habe euch diese Stopper überlassen. Nun bin ich zurück und habe eine mächtige Flotte mitgebracht, so wie ich es euch versprochen hatte! – Wer aber sind die Durchsichtigen?«

»Es sind unsere Freunde, wir hatten damals in der Not Zuflucht bei ihnen gefunden. Sie leben sehr tief unter der Oberfläche und sind uns in der Technik weit voraus. Nicht soweit wie ihr, aber für uns ist es schon viel!«

116

Tec schaute den noch ziemlich jungen Soldaten der Weissen an und sagte: »Ich war hier mit Son verabredet, statt dessen hat man mich überfallen. Wo ist sie denn?«

Der junge Soldat schaute betreten zu Boden.

»Es gibt keine Son mehr. Sie ist tot – die Aufregung, sicher! Das einzige was sie noch sagen konnte war: »Die von den Sternen sind zurück gekommen!«

Tec nickte stumm, er verstand ...

 »Kommt mit mir Freunde, nur ein Stück, ich möchte euch etwas zeigen!«

Die Gruppe folgte ihm um einen mächtigen Felsbrocken. Da, sie konnten ihn alle sehen, seinen Diskus! Erst jetzt, das fühlte er genau, verloren auch die Durchsichtigen ihren Argwohn. Mit seinem elektronischen Schlüssel öffnete er die Rampe und betrat den Diskus.

»Ich muss erst meine Freunde rufen, kommt mit, sie machen sich sonst Sorgen!«

Tec trat vor den großen Bildschirm, so dass es die meisten der Fremden gut sehen konnten. Er berührte einige Sensoren – bunte Sektoren huschten über die Bildfläche. Ron erschien, in mehrfacher Lebensgröße ...

»Ja, Tec, endlich. Wer ist denn da bei dir?«

»Es ist alles in Ordnung, Ron, es sind Freunde. Sieh mal!« Er fasste einen der Durchsichtigen und zog ihn zum Schirm. Ron schaute überrascht.

»Gut, Tec, wir sehen, fliege sofort ins Tal! Wir kommen nach.«

Tec bat all die Fremden in den Diskus, schloss die Luke. Der Diskus erhob sich über den Felsgrat und senkte sich langsam ins Tal. Interessiert, aber aufgeregt schauten seine Gäste zum Bildschirm.

Kaum gelandet, kamen sie von allen Seiten gelaufen. Tec versuchte ihnen kurz alles klar zu machen, vor allem das in wenigen Minuten einer ihrer Großraumer im Tal eintreffen würde. Doch sie schienen nicht zu verstehen ... Als es plötzlich dunkler wurde um Tec, warfen sich die herumstehenden Ameisenwesen furchterfüllt zu Boden. Die Durchsichtigen blieben auch nur einem Moment länger stehen, dann knieten auch sie nieder, zu unheimlich mutete ihnen dieses gewaltige, das Tal verdunkelnde Gebilde an.

Ron ließ den Kreuzer sehr langsam absinken, ihn auf seinen Landfuß mitten auf den Dorfplatz stellen. Er kam als Erster die Wendeltreppe herab und ging auf Tec zu, umarmte und beklopfte ihn.

»Nun Tec, gratuliere, das ist wohl unser größter, dein größter Erfolg! Wir hatten schon Angst um dich. Wir sahen aus dem Orbit was geschah, wagten aber nicht einzugreifen. Du verzeihst uns doch?«

»Natürlich, Ron, so war es schon richtig, wer weiß was sonst noch geschehen wäre!«

Diejenigen, die schon bei ihrem ersten Besuch dabei waren, kamen ganz nach vorn, auch die Durchsichtigen traten jetzt näher. – Aus dem Schiff der Formicinus drängten sie zu Tausenden, jeder wollte etwas fühlen von dieser besonderen Atmosphäre des Zusammentreffens dieser drei fremden und doch so ähnlichen Arten ...

Tec nahm sein Mikro und wartete auf Wan ...

Er reichte ihr das Mikrofon. Aus dem über ihnen schwebendem Kreuzer schallte ihre Stimme in das Tal.

»Meine Freunde! Ja, ich bin es wirklich, eure Wan. Sicher wäre ich schon längst tot, wenn mich unsere Freunde hier nicht gesund gepflegt hätten!« Sie fasste Tec um. »Sie sind zurück gekommen um ihr Versprechen einzulösen! Sie haben bisher für uns schon zahlreiche Siege errungen. Im großen und ganzen ist die Soldatenherrschaft beendet!«

Unbeschreiblicher Jubel brach los ....

Tec wartete, bis sich die Menge beruhigt hatte, dann erst redete er.

»Sicher habt ihr Grund zur Freude, doch noch sind längst nicht alle Probleme beseitigt. Ein Teil der Soldaten des O-bersten sind noch immer auf freiem Fuß. Es handelt sich zwar nur noch um Splittergruppen, die keine ernste Gefahr darstellen, aber immerhin sollten wir sie nicht unterschätzen. Der Hauptteil befindet sich in unserer Gefangenschaft, weit im Meer, auf den Inseln, andere arbeiten in der Wüste an einem Bewässerungssystem, das euch einmal allen zu gute kommen wird.

Was ihr hier jetzt dringend benötigt ist eine übergeordnete Regierung, die all eure Schritte koordinieren kann. Wir empfehlen dazu einige eurer Vertrauten auszuwählen, damit sie euch bei uns Vertreten können!«

Eine der Dorfbewohnerinnen trat auf Tec zu. Er hielt ihr sein Mikrofon entgegen. Als sie sich selbst so laut hörte, erschrak sie, redete aber weiter.

»Habt Dank, Freunde aus der anderen Welt. Wir werden tun, was ihr gesagt habt, bis morgen werden wir unsere Vertreter ernannt haben! – Wan, bleibst du bei uns?«

Sie nickte und gesellte sich zu ihrer Sippe.

Auf den Inseln wo Millionen der Soldaten in der Verbannung lebten, hatte sich einiges verändert – in einem Sinne, der überraschend positiv zu bewerten war. Die Luftbildaufnahmen der Formicinus zeigten systematische Aufteilungen innerhalb der Eiländer und auch einen völlig veränderten Pflanzenbewuchs. Die urtümlichen hohen Pflanzen fehlten fast völlig, stattdessen standen massive, blockhausähnliche Unterkünfte. Jeder, freie Bodenabschnitt war mit den verschiedensten Nutzpflanzen bedeckt. Überall Tausende arbeitende Soldaten. Die Inseln vermittelten einen überaus friedlichen Eindruck, man konnte ihn ohne Übertreibung als idyllisch bezeichnen.

Die Formicinus waren tief beeindruckt vom Können der Soldaten, die bis vor kurzem noch als blutrünstige Bestien auftraten. Nichts deutet mehr auf ihre gewalttätige Vergangenheit hin.

Der Kanalbau ging ebenfalls zügig voran. So sehr die Formicinus unter den Soldaten auch die Lage sondierten, es fanden sich keinerlei Anhaltspunkte für etwaige Putschversuche. Die Gespräche der Soldaten beschränkten sich auf persönliche Dinge und auf Probleme ihrer unmittelbaren Arbeit. Auch untereinander kam es zu keinen Auseinandersetzungen. Trotzdem appellierte Mun immer wieder an Ron und Tec, wachsam zu bleiben. Es erschien ihr einfach unnatürlich, dass diese Soldaten, die sie so lange unterdrückt hatten, sich plötzlich so widerstandslos in eine Untergebenenrolle zwingen ließen ...

Den nächsten Tag erwarteten sie mit steigender Unruhe. Es würde das erste Mal sein, dass Vertreter aus allen Schichten und Rassen des Planeten zusammenkommen sollten, um ihre Meinungen, Erfahrungen und Absichten frei zu diskutieren. Die Formicinus erwarteten mit besonderer Spannung die Berichte der Durchsichtigen, der offenbar am weitesten entwickelten Rasse dieser Welt.

Ici, Tec, Mro und Mun saßen am Vorabend noch lange zusammen und stellten die verschiedensten Vermutungen an.

»Was die Durchsichtigen betrifft sehe ich zwei Möglichkeiten«, sagte Mro. »Entweder stammen sie nicht von diesem Planeten, oder aber sie haben sich vor Jahrtausenden von den anderen getrennt und eine eigenständige Entwicklung durchlaufen.

»Ja Mro, beides wäre möglich, doch gebe ich zu bedenken, dass keiner hier von ihrer Existenz wusste. Nicht einmal in alten Schriften findet sich etwas darüber, sagte Mun.

»Das würde bedeuten«, mischte sich Tec ein, dass diese Durchsichtigen vor etwa Fünfzigtausend Jahren noch nicht existiert haben. Oder sie lebten damals schon als unsere Vorfahren hier landeten, genau so tief unter der Oberfläche«, sagte Ici. »Das könnte auch erklären warum die Durchsichtigen so eine ganz andere Sprache sprechen. Und noch etwas, wenn wir annehmen das alle Rassen einen gemeinsamen Vorfahren hatten und sich erst später getrennt haben, wären doch dazu entwicklungsgeschichtlich mehr als Fünfzigtausend Jahre nötig gewesen. Auch Mutationen benötigen ihre Zeit.«

»Ja Mro«, sagte Ici. »Dann aber wäre noch zu klären wer die Mutante und wer die Urform verkörpert.«

»Ich würde sagen das die Durchsichtigen eine Mutante der Weißen sind. Irgendwann werden sie wegen der ständigen Kriege die Oberfläche verlassen haben!« sagte Mro.

»Dann waren sie aber schlimm dran«, bemerkte For. »Sie hätten ja in völliger Finsternis leben müssen!«

Tec schüttelte zweifelnd seinen Kopf.

»Wir können vermuten was wir wollen, eine wirkliche Erklärung kann uns nur der morgige Tag bringen!« damit erhob er sich und löste die kleine Gruppe auf.

Am nächsten Morgen, auf Kreuzer Zwanzig, gab es eine Überraschung, als die Durchsichtigen ihre Version erzählten.

»Als sich vor zwei Millionen Jahren unsere Sonne aufzublähen begann und über Tage und Wochen sehr heftige Strahlenausbrüche die Temperatur anstiegen ließen, gingen unsere Vorfahren tief unter die Oberfläche. Auch nach Jahren, als sich unser Stern wieder beruhigt und abgekühlt hatte, beschlossen wir trotzdem unter der Oberfläche zu bleiben, wir hatten das Vertrauen in unserer Sonne verloren. Die gesamte Oberfläche war verbrannt, die meisten Pflanzen und Tierarten ausgestorben. Die Meere die einmal acht Neuntel der Oberfläche bedeckten, waren zur Hälfte verschwunden, es sah trostlos aus. Mächtige Wolkenformationen verdunkelten die schon schwache Sonne. Es dauerte Jahrtausende bis sich meine Vorfahren so richtig unter der Erde eingerichtet hatten. Über lange Zeit gab es Veränderungen der Erbanlagen in Richtung einer besseren Adaption an die Dunkelheit. Unsere Augen wurden größer und empfindlicher, die Körper verloren die Farbpigmentierung. Viel später wurden unsere Augen so empfindlich, dass wir heute fast in völliger Finsternis sehen können. Die Wärmestrahlung der Umgebung reicht uns aus. Was ihr seht, sind übrigens nicht unsere Augen sondern Filter, die wir davor tragen müssen, wir würden sonst unter den hier herrschenden Lichtverhältnissen erblinden. – Doch nun zu den Oberflächenameisen, die Weißen stammen nicht von dieser Welt!«

»Das kann nicht sein!« rief Mun erregt dazwischen. »Ich habe die alten Aufzeichnungen gelesen, sie reichen weit zurück!«

»Aber nicht weit genug! Und wenn, sind die Anfänge eurer Geschichte Fälschungen, Mun!«

»Könnt ihr das beweisen?« fragte Mun herausfordernd.

»Ja, das können wir!«

Zwei der Durchsichtigen brachten eine Rolle herein, die sehr schwer sein mochte und golden glänzte.

»Diese Rolle hier ist etwas über drei Millionen Jahre alt«, sagte Uk, eine der Durchsichtigen. »Sie enthält eine sieben

Meter lange aufgerollte Goldfolie, auf der viele der frühen Beobachtungen aufgezeichnet sind!«

Sie streiften gemeinsam eine Hülle ab und rollten sie auf dem Boden. Die Formicinus traten näher. Ein beeindruckendes Relikt ... Winzig kleine Schriftzeichen und sogar keine Ähnlichkeit mit den vorher gesehen Aufzeichnungen.

Tec ließ eine Kamera justieren und projizierte die Schriftzeichen für alle sichtbar. Der Translator begann zu arbeiten ...

»Vor dreißig Tagen stiegen sie vom Himmel, die, von denen wir glaubten das es Götter seien. Sie rollten zwischen den Sternen hervor, acht glänzende Kugeln, riesengroß und wuchtig wie Felsen. Sie schwammen über das große Wasser bis an unseren Strand, taten sich blütengleich auf, aus ihnen quollen Zehntausende der weißen Ameisen. Sie trugen merkwürdige Gräte und Behälter und warfen sie achtlos in den Strandsand.

Als sie ausgeladen hatten, drängte sich eine kleine Gruppe von ihnen zu einer der Kugeln und schickte ihr Blitze entgegen. Diese eine Kugel brannte in hellem Licht und verging. Auch aus den übrigen Kugeln schlugen Blitze, die kleine Gruppe der Ameisen verging in einem Feuersturm. Sieben Kugeln erhoben sich bald danach und verschwanden im Himmel ...

Wir waren bestürzt, sie hatten sich zum großen Teil gegenseitig vernichtet! Uns kamen Zweifel. Sollten das wirklich Götter sein, gute Boten des Himmels?

Wir beobachten sie aus sicherer Entfernung. Unsere Sorge und Zurückhaltung erwies sich als überaus richtig, nützlich und erforderlich ... Schon in den nächsten Tagen begannen die Fremden ihre Kisten zu öffnen. Mit den darin gefundenen Gegenständen durchstöberten sie die nähere Umgebung. Mit ihren Blitzschleudern zielten sie auf alles, was sich bewegte. Kleinere Tiere dienten ihnen als Zielscheiben. Jahrhunderte alte Pflanzenansammlungen hüllten sie in Rauch und Feuer. – Diese Blitzwerfer trugen sie immer bei sich, Soldaten wie auch Arbeiterinnen. Sie benahmen sich, als hätte diese Welt nur darauf gewartet von ihnen zerstört zu werden.

Tage später kam noch eine dieser glänzenden Kugeln übers Wasser gerollt. Viele der Soldaten eilten zu ihr und holten einen großen, gewichtigen Behälter. Am Ufer packten sie aus ... eine Königin. Zu ihr zogen sich die Hälfte der Ameisenwesen. Soldaten bildeten einen schützenden Ring. Kurz darauf landete eine weitere Kugel mit einer zweiten Königin, mit ihren Brutpflegeameisen, zu der sich die andere Hälfte begab.

Zwei Völker standen sich nun feindlich gegenüber und machten gegenseitige Drohgebärden. Im Laufe des Tages formierten sich zwei Gruppen, die mit selbstfahrenden Wagen in verschiedene Richtungen strebten. Die südliche Gruppe kam etwas schneller voran und erreichte bald schon ein Felsmassiv, ideal zum Einrichten.

Tagelang zuckten ihre Blitze, Pflanzen und Tiere wurden rücksichtslos von ihnen vernichtet. In den Nächten konnten wir sie aus nächster Nähe betrachten. Sie aber sahen bei Dunkelheit fast nichts. Dort wo sie arbeiteten war es immer hell. Ihre Wagen fuhren hin und her, sie wohnten in Häusern aus Metall. Auf den Flächen wo sie die einheimischen Pflanzen vernichtete hatten, wuchsen uns völlig unbekannte Gewächse – sie hielten darauf fremdartige Tiere, die sie offenbar mitgebracht hatten.

Dort zwischen den Felsen errichteten sie auch diese metallische Pyramide, die sie alle paar Tage öffneten um dort irgendeiner Tätigkeit nachzugehen!«

Uk schaute auf, die Rolle war zu Ende, es war still im Raum. Tec erhob sich.

»Ich danke euch für diese Rolle, Uk, unser künstliches Hirn hat die Sprache und Schrift jetzt voll erfasst – es teilt uns eben mit, das diese Rolle wirklich über drei Millionen Jahre alt ist, und das es noch weitere dieser Rollen geben müsste. Stimmt das?«

Uk nickte bestätigend. »Ja, es sind noch mehr dieser Rollen vorhanden, sechs Stück!«

Tec dankte.

»Wir hörten da von einer metallenen Pyramide«, fragte er. »Gibt es die noch?«

»Ja Tec, ich kann sie euch zeigen!«

Ron war begeistert, er sagte: »Wenn wir uns ein Bild machen wollen über den Wahrheitsgehalt, sollten wir so schnell wie möglich dorthin!«

Kreuzer Zwanzig erhob sich, Uk stand neben der Navigatorin und geleitete sie mit unfehlbarer Sicherheit zu dem Felsmassiv. Ihre hervorragende Orientierung erstaunte die Formicinus, wo diese Durchsichtige noch niemals in einer Flugmaschine gewesen sein konnte ...

Über dem Pflanzendickicht, da – eine kaum wahrnehmbare Spitze. Sicher wäre sie den Formicinus für alle Zeiten verborgen geblieben, auf ihren Luftaufnahmen fand sich nicht eine Spur.

Tec, Mro und eine Spezialistin für Archäologie verließen den Kreuzer mit dem kleinen Diskus. Tec landete am Fuß der fast sechs Meter hohen Pyramide. Mit allerlei Werkzeugen bemühten sie sich den Pflanzenbewuchs zu beseitigen, um das Gebilde von allen Seiten zugänglich zu machen ...

Als Tec mit seinem Greifer prüfend über das Metall strich, kam es ihm irgendwie bekannt vor. Es fiel ihm ein ... er hatte diese Legierung erst kürzlich in der Heimat, im Labor der

Raumschiffwerft bewundern können. Der Hauptanteil bestand aus einem in der Natur unbekannten Element, das man nur durch künstliche Synthese herstellen konnte. Selbst bei den Formicinus gab es vorerst nur wenig von diesem sonderbaren Metall.

Ron meldete sich vom Kreuzer. »Tec, weißt du worum es sich bei dem Metall der Pyramide handelt?«

»Ja Ron, es ist eine Technetiumlegierung!«

»Woher weißt du das?« fragte Ron überrascht.

»Von unseren heimatlichen Labors – doch Ron, das bedeutet ja ...«

»Das diese weißen Ameisen, die hier so furchtbare Machtstrukturen errichtet haben, uns einmal sehr weit voraus waren«, ergänzte Ron.

»Ja, vorausgesetzt es handelt sich wirklich um die gleiche Rasse, Ron!«

Doch es kam noch besser.

»Dieses Metall«, sagte Tec, »ist doch normalerweise leicht radioaktiv, doch dieses hier strahlt überhaupt nicht. Irgend ein Bestandteil scheint es zu verhindern!«

Tec lief um die Pyramidensäule herum, besah sie sich sorgfältig, fand aber keinen Öffnungsmechanismus. Eigentlich dürfte er so etwas primitives auch gar nicht erwarten ...

»Nun Tec, hast du eine Idee?« fragte Ron.

»Idee ist vielleicht zu viel gesagt, aber wir könnten es ja mal mit elektromagnetischen Wellen versuchen!«

»Ist bestimmt eine Möglichkeit, bloß mit welchen Frequenzbereich fangen wir an?«

»Ich hätte auf dem Dunkelstern eine Wellenlänge verwendet, die es mit Sicherheit in der hiesigen Natur nicht gibt – eigentlich bleibt hier nur das blaue Spektralende, bis hin zum ultraviolett!«

»Gut«, sagte Tec, »fangen wir also bei blau an und steigern die Frequenz allmählich.«

Aus dem Großraumer stach ein sattblauer Strahl und überflutete die Pyramide. Langsam änderte sich der Farbton zu einem stechenden Violett, doch nichts geschah ...

Ron brach ab. Was nun?

»Kohärentes Licht, Ron, mit einem Laser!«

»Ja Tec, wir werden den Laser aufbauen und justieren, das muss aber auch noch nicht des Rätsels Lösung sein«, gab Mro zu bedenken. Vielleicht haben sie sogar Antigravitationswellen verwendet!«

»Na dann würden wir aber ernsthafte Problem bekommen, mit unseren statischen Generatoren können wir das nicht!« wandte Tec ein.

»Nun, wenn es gar nicht anders geht müssen wir mit dem Laser Aufschneiden!« schlug Ici vor.

Tec wiegte seinen Kopf.

»Damit könnten wir unwiederbringlichen Schaden anrichten, es darf wirklich nur die allerletzte Möglichkeit bleiben!«

Mun wurde nachdenklich.

»Ihr meint also, dass meine Rasse tatsächlich einmal so weit entwickelt war? Ich kann es einfach nicht glauben, besonders weil wir uns ja zurückentwickelt haben müssten! – Ist so etwas überhaupt möglich?«

»Das geht schon!« sagte Uro. »Zum Beispiel durch einen globalen Krieg mit Kernwaffen, in ihm könnten schon alle Errungenschaften einer Zivilisation untergehen! «

»Nein, Mro, an diese Theorie glaube ich nicht! – Wenn es so wäre, würden heute noch Folgeschäden bemerkbar sein, irgendeine Sprungmutation ...«

»Aber Tec«, gab Ron zu bedenken, »so abwegig finde ich diese Theorie gar nicht! – Bedenkt die Zeit, fast drei Millionen Jahre sind vergangen. Nach so langer Zeit heilen auch solche Wunden!«

»Und die Durchsichtigen?« fragte Mro. »Die hätten doch etwas davon bemerken müssen, sie hatten doch ständig ihr Späher an der Oberfläche!«

»Ja vielleicht hast du recht, wir begegnen hier immer neuen Rätseln. Wenn wir Glück haben *redet* die Pyramide doch noch«, sagte Tec.

Unterdessen wurde der Laser einsatzbereit, ein gelber Strahl ertastete die Pyramide, färbte sich langsam in Orange, Rot, Grün, Blau, Violett, wurde schließlich unsichtbar ... doch in diesem Augenblick geschah etwas ...

An der Spitze der Pyramide begann es rot zu leuchten. Ron schaltete den Laser ab, doch das Leuchten blieb, es verschwand erst nach einigen Minuten ... Statt dessen begann es an der Spitze rhythmisch zu blinken, der Takt wechselte – Mro erfasste es ...

»Ich hab's!« rief sie. »Es blinkt dreimal, dann ist Pause, etwa dreimal so lang wie der vorherige Impuls, danach eine fünfzehn Impuls lange Pause! – Ich meine das es sich um eine einfache Gleichung handelt. Dreimal x gleich Fünfzehn, dann wäre x gleich Fünf! Wir müssen unseren Laser nur fünfmal pulsen lassen!«

»Das lässt sich machen, Mro«, entgegnete Ron.

Gespanntes Erwarten ...

Vom Kreuzer pulste es, fünfmal, das Blinken an der Pyramidenspitze erlosch.

»Da! Es veränderte sich etwas ...«

Die ganze Konstruktion schob sich weiter aus dem Boden, immer höher. Ron musste den Kreuzer anheben. Die aus dem Boden wachsende Pyramide wurde immer höher, sie bildete eine Art Pilz, in Bodenhöhe, am *Stiel* begann sich das Metall aufzulösen, der Weg ins Innere wurde frei.

Tec, Mro und Mun betraten das Gebilde. Am Eingang umfing sie ein bläuliches Leuchten, das selbst aus dem Boden und den Wänden zu kommen schien. – Doch dieser Raum, von dem sie sich so viel versprochen hatten, wirkte eher klein und dürftig, er stand in krassem Gegensatz zu der aufwendigen, äußeren Anlage. In die Wand eingelassen befand sich ein veraltet anmutendes Videoaufzeichnungsgerät. Als Mro näher trat und es sich gründlicher ansah, sagte sie: »Es scheint nur so unmodern, es sind wechselbare kristalline Speicher auf Halbleiterbasis! Es entspricht in etwa unseren Geräten.

Eine kleine Treppe führte hinab in einen größeren Raum. Da stand ein hoher Sessel, mit dem Rücken zu ihnen ... Als Mro den Sessel drehte, schrie sie auf ... Scheppernd fielen leere Chitinschalen zu Boden, es staubte. Sie schaute erschüttert zu Tec.

»Ja Mro, hast du denn etwas anderes erwartet, nach drei Million Jahren. Dachtest du noch Lebende zu finden?«

»Nein, nein, Tec, das ist mir schon klar, nur der Schreck!« Gleich neben dem Sessel befanden sich kleine Boxen in der Wand, sie enthielten weitere Kristalle, doch nur ein kleiner Teil schien bespielt ...

Uro probierte am Aufzeichnungsgerät. Eine lebensgroße Projektion flammte auf, wie selbstverständlich erschien der Kopf eines weißen Ameisensoldaten. Die Worte die er sagte waren erschütternd aber aufklärend.

»Ich bin Muk, Nachfahre der elften Generation, jener Verbrecher, die einst vor Zweihundertfünfzig Jahren auf diesem Planeten ausgesetzt wurden. Unsere Heimat liegt über zwei Millionen Lichtjahre von hier entfernt. Heute wird es vielleicht schon das letzte Mal sein, das irgendeiner unserer Rasse hier etwas berichtet wird. Ich jedenfalls bin der letzte, der das nötige Wissen dazu hat. Der jetzigen Generation aber fehlt es nicht nur an Wissen, sondern erst recht an den technischen Voraussetzungen. – Unsere Herkunft scheint keinen mehr zu interessieren. All unsere hochdifferenzierte Technik ist unbrauchbar geworden. Alle elektrischen Geräte zur Sinnlosigkeit degradiert. Es gibt keine Energie mehr. Die letzten Kernreaktoren sind gestern ausgefallen. Keine unserer Strahlwaffen hat mehr Ladung. Die Fahrzeuge sind unbrauchbar. Das Ende unserer hier versuchten Zivilisation ist gekommen, wir haben nur noch die Chance zu überleben. Wir müssen mit der Natur dieses düsteren Planeten gehen, wir müssen mit unserer Umwelt Frieden schließen ... und nicht weiter gegen sie arbeiten! – Das aber heißt nichts anderes, als mit Messer, Pfeil und Bogen auf die Jagd zu gehen – und unsere Pflugscharen selber zu ziehen ... Alles was unsere Vorgänger taten war falsch, sinnlos! Sinnlos waren auch die Versuche, unter diesen Bedingungen eine technische Zivilisation behalten zu wollen!

Vielleicht hätten wir es schaffen können, wenn unsere Vorfahren gemeinsam nach Lösungen gesucht hätten, statt ständig diese zermürbenden Kriege gegeneinander zu führen! – Und nun ist es wirklich zu spät! Alles was bleiben wird, ist eine Legende, sie könnte die Zeiten überdauern. Das einzig Reale was bleiben wird von unserer so hohen Technik, mag die Schmiedekunst sein. Wir haben bereits begonnen, alle schmiedbaren Metalllegierungen, so auch die hier gefundenen Erze zu schmelzen, um Messer, Schwerter und Lanzen herzustellen. Aber das ist dann auch schon alles. Selbst die Schrift und die höhere Mathematik wird vergehen, wir brauchen sie nicht mehr!

Erst vor ein paar Tagen hat mich einer unserer jungen Soldaten gefragt, wozu wir eigentlich noch theoretisch lernen sollen, wo es doch sowieso nur die alten Schriften gäbe, die jeder auswendig könne.

Er hat sicher recht, und wenn nicht? Wer sollte denn noch lehren? – Ich bin alt und kann an dieser Entwicklung nichts mehr ändern.

Vor Wochen versuchte ich einen Notruf in unsere ach so ferne Heimat – doch keine Antwort«. – Rauschen.

»War das alles?« Mro schaute Fragend zu Tec, doch es ging nach kurzer Pause weiter ...

»Ich bin wieder da. Noch immer keine Antwort, Sygnus – unsere Galaxie schweigt, ich versuche es weiter, bis mein Leben verlöscht ...«

Der Rest des Kristalls war leer.

»Alles!« sagte Tec nüchtern. – »Also vom Sternbild des Schwan sind sie gekommen, das ist interessant! Vielleicht bekommen wir noch mehr Daten, von den anderen Kristallen!«

»Siehst du Tec, sie müssen uns sogar sehr weit voraus gewesen sein, denn bis zum Schwan würden wir es nicht einmal mit modernsten Schiffen schaffen!« sagte Mro.

Tec nickte nachdenklich.

»Interessieren würde mich das Innenleben dieser Anlage, vor allem wie sie nach so langer Zeit noch Energie produzieren kann.«

»Neben all dem technischen Krempel wäre für mich weitaus interessanter, warum die vom Schwan sich nie wieder gemeldet hatten. – Sicher dies hier waren einmal Verbrecher, zumindest als man sie ausgesetzt hatte. Aber inzwischen sind Tausende von Generationen entstanden. – Was können die für die Untaten ihrer Urgroßväter? Es wäre einfach die Pflicht dieser Wesen, sich wenigsten darum zu kümmern, was in der Zwischenzeit aus ihnen geworden ist. Sie hätten zumindest eine Botschaft für sie senden können. Ich finde ihr Handeln einfach unmoralisch!«

»Aber Uro, in all der Zeit die vergangen ist, kann auch bei denen etwas dazwischengekommen sein. Vielleicht eine kosmische Katastrophe, oder ein stellarer Krieg. Vielleicht sind die weißen Ameisen die hier heute noch leben, die überhaupt letzten einer längst vergangenen Zivilisation?«

»Es steht also wirklich fest«, sagte Mun, »das wir, die weißen Ameisen, wirklich die Nachfahren einer so hoch entwickelten Zivilisation sind? Ich weigere mich, das anzunehmen!«

»Aber Mun, in all der Zeit? Ist dir nicht auch aufgefallen wie schnell sich eure Soldaten in vernünftige Arbeit eingliedern ließen? Vielleicht wirkt tief in ihnen noch etwas von ihrer Jahrmillionen alten Hochkultur?«

Die Durchsichtigen, die zur Zeit am weitesten entwickelte Rasse, stellen also wirklich die Urform der Planetenbewohner dar, eigentlich ist es ihr Planet. Diejenigen, die diese weißen Verbrecher damals ausgesetzt haben, wussten sicher nichts von der Existenz der Durchsichtigen. Doch nun ist es einerlei. Die Durchsichtigen haben ohnehin als einzigste die Voraussetzungen für eine baldige, technische Zivilisation, ohne Krieg und Unterdrückung – denn wie sie sich über die Jahrtausende verhielten, bewiesen sie doch eindeutig ihren friedlichen Charakter. Ihnen würde man in Zukunft getrost die weißen Arbeiterinnen und vielleicht auch die weißen Soldaten unterstellen ...«

»Sag mal, wenn ihr versucht die weißen Soldaten in eine neue Ordnung einzugliedern, beschwört ihr da nicht wieder die Gefahr herauf, dass sie versuchen werden, die Macht erneut an sich zu reißen?«

Ron lachte. »Nun, das wird wohl nicht gehen, Mun, denn noch sind wir hier!«

»Das weiß ich doch Ron, aber müssen wir nicht weiter denken. Ihr werdet uns nicht immer beschützen können oder wollen.«

Uro nickte dazu:« Ja, ich sehe das ganze ähnlich und darum bin ich dafür, das Problem so schnell als möglich anzugehen – eine Regierung zu bilden und die entwaffneten Soldaten in alle Aktivitäten mit einzubeziehen. Nur so können wir uns lange noch den nötigen Überblick erhalten und notfalls korrigieren!«

Mun und For waren begeistert. Lik, Sel, Ger, For und Lum konnten sich mit diesen Gedanken nicht so recht anfreunden, sie hatten all die Grausamkeiten doch viel unmittelbarer erlebt. In ihren Gedanken waren die meisten Soldaten mitschuldig, es waren für sie noch immer die selben, blutrünstigen, gewalttätigen Verbrecher von einst. Warum sollten sie auch anders empfinden? Waren sie doch schließlich immer die Unterdrückten gewesen.

Sicher hatten alle Soldaten Schuld auf sich geladen, aber es ist ihnen niemals bewusst gemacht worden. Für sie gehörten Krieg und Mord einfach zu ihrem Handwerk. Sie konnten sich doch immer wieder selbst beruhigen – das es auch schon immer so gewesen ist und immer so sein wird, ist eine verlogene Theorie!

Uro, Mro, Tec Ici, Sun und Ron wussten es besser, sie kannten alle die Theorien totalitärer Herrscher. – Und doch was nutze ihnen das Wissen, es fehlten auf dieser Welt einfach die grundsätzlichen Voraussetzungen um richtig zu begreifen. Ihnen war klar, dass für die Bildung dieser Wesen noch sehr viel getan werden musste. Eine demokratische, freiheitliche Grundordnung wäre sicher erst sehr viel später möglich.

Ron wird alles nötige organisieren um danach mit fünfzehn Kreuzern die Dunkelsternwelt zu verlassen. Fünf Kreuzer mit ihren Besatzungen wurden für einen mehrjährigen Aufenthalt vorbereitet. Tec, Ici, Mro und Mun bestiegen wieder ihren kleinen Diskus. Wenn es ihnen auch schwerfiel, diese Welt und all ihre neuen Freunde zu verlassen, so bestand ihre eigentliche Aufgabe in anderem. Ein neuer Auftrag führte sie als Abgesandte in ferne Raumestiefen ...

ENDE

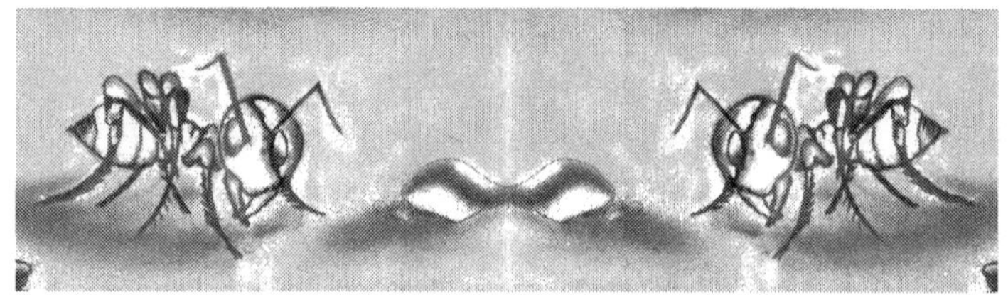

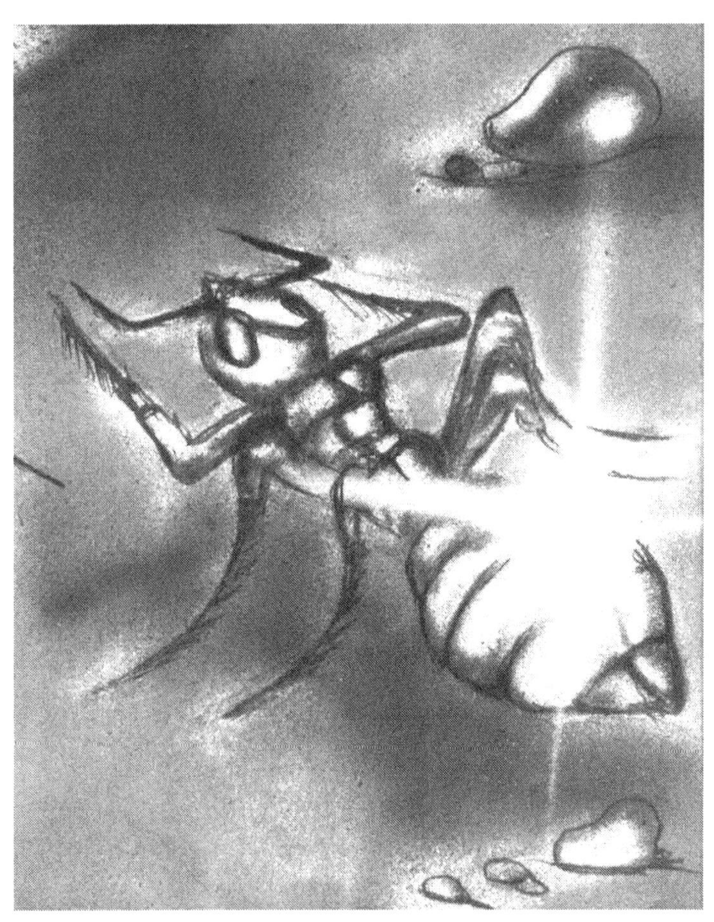

Dies ist das erste Buch des ostdeutschen Autors nach der Wende. Es enthält vier Geschichten.

1.Belinda: Spielt in einer möglichen Zukunft, in der die menschliche Spezies weite Regionen des Universums mit Ihresgleichen zu besiedeln sucht – Belinda erzählt von der Inbesitznahme einer neuen Welt.

2. Silikaten: Erzählt die Abenteuer eines scheinbar unbelebten, mysteriösen Planeten, der sich alles andere als gastlich erweist. Es geschehen dort überaus seltsame Dinge. Menschen werden versteinert oder in den Wahnsinn getrieben.

3. Basalt: Ist der Zweite Teil von Silikat. Manches klärt sich auf, aber nicht alles, zu fremdartig kann Leben sein.

4. Havarie: Der einzig überlebende Mensch steuert als Querschnittsgelähmter, nur mit Hilfe von Roboterkrüppeln, das Fragment eines verunglückten Grossraumschiffes zur Erde.

Ein Libri Books on Demand zum Preis von DM 14,80
» Auch im Internet http://www.libri.de «
» ohne Versandkosten «

Das zweite Buch, ein Roman, baut auf Versuche, Elementarteilchen mit unendlicher Geschwindigkeit zu bewegen und auf Fortschritte in der Humanmedizin. Im Jahre 2099 begeben sich junge Paare auf einen lang-dauernden Forschungsflug.

Ein Libri Books on Demand zum Preis von DM 19,80
» Auch im Internet http://www.libri.de «
» ohne Versandkosten «

Das Riesenschiff strandet auf einem unbewohnten Planeten, unendlich fern der Erde. Die Schiffsärztin Leila und Fünf komatöse Patienten, von denen einer ihr Mann war, werden zu ihren ständigen Gefährten. Feh-lende Liebe und die Sinnlosigkeit ihres Daseins lassen Suizidgedanken aufkommen. Empfindungen, Gefühle und moralische Machbarkeiten kämpfen in ihr. Die menschlichen Hüllen werden zur Grundlage – Invitro Vertilisation, Leihmutterschaften und eine so ganz andere sexuelle Mo-ral werden zum Ausweg. Abenteuerliche Kontakte mit anderen Havaris-ten bereiten Probleme und liefern Spannung. Fast nebenbei entsteht der Grundstein einer autonomen Menschheit. Leila billigt einer Frau Kühnheit, gepaart mit Verantwortung und Humanismus zu, sie zeigt was möglich ist.

Bei dem dritten Buch handelt es sich ebenfalls um einen Roman.

Eine Expedition der Menschen zu einem Schwarzen Loch droht im Chaos zu enden, als fremde Wesen eingreifen und sie in den Hyperraum retten. Durch die Aliens lernen die Menschen die mächtigste und älteste Zivilisation in unserem Universum kennen, im letzten, möglichen Augenblick, sozusagen ... Im Kerngebiet unserer Galaxis, der Milchstrasse, künden katastrophale Prozesse von einer nahenden Hypersingularität in Form eines zentralen, schwarzen Loches, welches riesige Bereiche des Universums zu zerstören droht. Die Giganten, die über wahrhaft gigantische Möglichkeiten verfügen, stürzen sich in den Kampf gegen die unbelebte Natur. Neutronensterne und Schwarze Löcher werden aus dem Kerngebiet verbannt, zerstört oder neu gruppiert. Eine Dritte hochentwickelte Zivilisation tritt auf den Plan und gibt den scheinbar allmächtigen Giganten zu denken.

Ein Libri Books on Demand zum Preis von DM 9,80

» Auch im Internet http://www.libri.de «

» ohne Versandkosten «

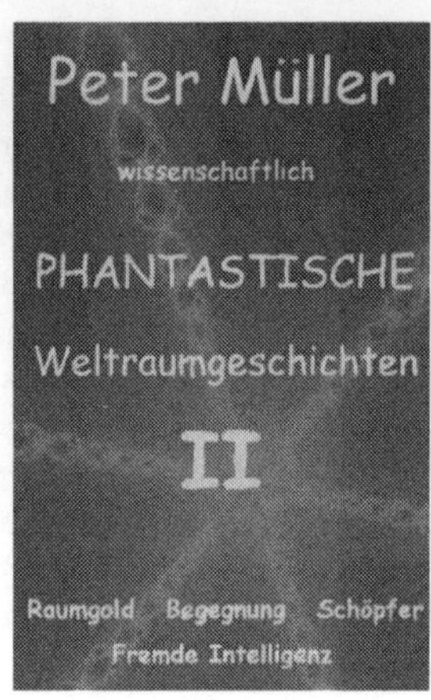

Ein Libri Books on Demand zum Preis von DM 16,80
» Auch im Internet unter http://www.libri.de «
ISBN 3-89811-141-5
» ohne Versandkosten «

Das vierte Buch enthält wieder vier neue Geschichten

1. Raumgold: Gold auf dem Saturnmond Rhea. Seit einiger Zeit verschwinden dort große Mengen Gold. Stehlen die Arbeitsroboter? Die Lösung bringt eine Überraschung.

2. Begegnung: Ein interplanetarer Transporter der Wissenschaftler auf eine ferne Außenstation bringen soll, erfährt eine merkwürdige Begegnung mit Meteoriten, die sich als etwas völlig anderes erweisen.

3. Schöpfer: Ein deutscher Astrophysiker entdeckt ein außerirdisches Raumschiff, das schliesslich seine Landung erzwingt. Als Hinterlassenschaft - vierzig ‚genetisch saubere' Kinder, die nach dem Abflug der Schöpfer seltsames erzählen..

4. Fremde Intelligenz: Eine Forschergruppe besucht einen von Leben strotzenden Planeten. Nichtsaahnend landet die Besatzung und gerät dadurch in die Fänge eines seltsamen, symbiontischen Wesens ...